Raíces de obsidiana:

criaturas mitológicas mexicanas

Raíces de obsidiana: criaturas mitológicas mexicanas

Antología de cuentos

Varias autoras

RAÍCES DE OBSIDIANA:
CRIATURAS MITOLÓGICAS MEXICANAS
Antología de cuentos

©Enero, 2023. México.
©Michelle V. Madrid, Zaida Ríos, Ana Laura Cañedo Parra, Lucy Barbosa, Ana Paula Saldívar, Yazmin Castro, Mónica Blumen, Karina Orozco, Rc Adrii Torres, Judith Escandón Juárez, Deyanira Ávila

Portada e ilustraciones: Diego Gallardo Méndez

Edición, diseño y selección: Claudia Soto
arhikel@gmail.com

ISBN: 978-628-7628-05-2

2ª. Edición. Marzo, 2023.
Edición y corrección: Claudia Soto

Yo sé que existen los monstruos de cada quién,
pues cada uno de nosotros
tiene sus fantasmas propios.
Pero hay monstruos
que son de muchas personas a la vez.

—Carmen Leñero.

CUANDO LOS SOÑADORES NOS INICIAMOS EN LA ESCRITURA, buscamos el cobijo de autores con mayor experiencia. Leemos sus historias, nos enamoramos de sus creaciones, admiramos su trayectoria; entonces, deseamos convertirnos en lo que ellos son: escritores.

Las nuevas letras avanzamos tras los pasos de quienes han recorrido el camino y ahora levantan la farola para indicar hacia donde nos debemos dirigir. A veces, descubrimos las huellas a través de sus entrevistas, cuando se sinceran en los talleres literarios, cuando asistimos a sus presentaciones y vislumbramos que son tan humanos como nosotros, que su oficio literario, alguna vez fue un sueño como el nuestro y que solo hace falta trabajar mucho para conseguir nuestras metas.

A tientas, la mayoría de los nuevos autores dan un paso tras otro en el sendero de la creación de historias sin saber si llegaremos al otro lado: si pisaremos la publicación. Nos tiemblan las piernas, nos desanimamos, pero luego descubrimos la chispa que impulsa la carrera literaria: escribir sin dejar de escribir.

Las autoras que integran *Raíces de obsidiana: criaturas mitológicas mexicanas* son personas audaces, que persiguen sus sueños con tinta en las manos. Trazan, letra a letra, un escalón más para ser aquello que admiran.

En esta antología se presentan once cuentos que abordan al menos una criatura mitológica que ha nacido en la cuna del folklor mexicano; las autoras retoman las leyendas y las reescriben con una visión personal, desde el lugar que les corresponde como escritoras contemporáneas.

Llegar a la perfección literaria es el anhelo de todos los que trabajamos en el medio. Estos cuentos se gestaron y se trabajaron en un taller de escritura creativa que se convirtió, después de unos meses, en un taller de narrativa, cuando las historias estuvieron completas y llegaba el momento de mostrarlas.

Los primeros pasos de la narrativa son importantes, abrir la puerta para llegar a los lectores es un trabajo conjunto que empieza aquí: con una colección de cuentos y de voces que quieren ser escuchadas, que quieren ser leídas.

Espero, con el corazón, que estas historias y las voces de sus escritoras lleguen a ustedes para ser compartidas después.

Claudia Soto
Cd. Lerdo, Dgo., enero, 2023.

La figura del Ahuízotl

Michelle V. Madrid

Santiago de Chile (1984). Reside en Cd. Juárez, Chihuahua. Licenciada en psicología. Apasionada de la literatura y las artes en general. Cursó diferentes talleres de creación literaria en Tejiendo Historias y Escuela de escritores. Participa en la Antología "La ciudad de los espejos" con el cuento *Bim*, publicación del taller de cuento de Escuela de escritores (2022). Actualmente, trabaja en una novela y en la participación de cuentos interactivos para Pathbooks.

La figura del Ahuízotl ◊

EL FOCO PARPADEA EN EL TECHO DESCARAPELADO y la luz rebota en las paredes del pequeño cuarto. Sentado sobre una alfombra gris, y frente al inmenso estante repleto de libros, Daniel busca información sobre su siguiente trabajo. Observa, bajo el texto, la figura de un perrito con glifos en el lomo, está sobre su cola larga y enrollada que acaba en una mano humana y debajo está la piedra.

Hace calor y no ha llovido ni un solo día en el año. Casi termina julio y acaba de temblar. Pero siempre tiembla en la Ciudad de México. Dos gotas de sudor, gordas y gemelas, caen de la frente de Daniel sobre el papel y mojan la fotografía del libro. Los ojos se esfuerzan para mantenerse abiertos, el corazón parpadea en su cabeza, pero aun así sonríe pensando: «La figura del Ahuízotl o espinoso de agua… Se escuchaba el llanto de un bebé, y luego el Ahuízotl atrapaba a sus víctimas con la mano de su larga cola gris y los ahogaba en las profundidades…»

El celular vibra y Daniel abandona su ensimismamiento.

—¿Para cuándo? —pregunta Daniel al teléfono. Presiona los párpados por debajo de la montura de los lentes de pasta para soportar el martilleo de su cabeza.

—Dos días —dice el nahual coyote. La voz le causa escalofríos a Daniel.

—Prométeme que la ayudarás…

—El trato ya está hecho. Cumple con tu parte.

—Te lo conseguiré. Pero debes prometer que… —dice Daniel apretando uno de sus puños.

El tipo al otro lado del teléfono cuelga.

Daniel traga saliva en un intento por alejar el tono sibilante de la voz del nahual, pues aún le parece escucharlo. «¡Maldito nahual coyote hijo de su puta madre! Más te vale que la mejores. Que mejores a mi viejita…», piensa Daniel chocando la cabeza contra la pared mientras la imagen de su madre enferma se aferra por dentro de sus párpados.

Le arde la boca y sale del cuarto en automático hacia la cocina. Busca tequila, vodka, tal vez una cerveza, hasta vino, lo que sea que le quite el regusto amargo de la lengua. Abre el refrigerador con las manos temblorosas. Nada. Jugo de naranja. De pronto siente el desayuno en la garganta con un sabor agrio. Su boca dibuja una arcada mientras hunde el abdomen y corre al basurero. Vomita. Se limpia con una servilleta y se enjuaga la boca con el agua del grifo. Escupe.

Recarga la cabeza en la pared, una vez más, con los dientes apretados. Repasa sus pasos. Recuerda que su amigo Eduardo, de universidad, le comentó en una borrachera que la pieza de Ahuízotl estaba maldita, como si aquella criatura mitológica dormía en ella y le pedía sangre, por lo que después de tenerla escondida en una caja en su cuarto había pasado a enterrarla en una cueva. Daniel tomó las palabras de su amigo como una broma, y aún lo seguía pensando. Decide escribirle y preguntar por la estatuilla. Su amigo le responde enseguida:

Eduardo: Ya te dije, la enterré en el río subterráneo de la Gruta la Estrella, es imposible encontrarla. Le puse una estaca, pero aun así… De todos modos, ¿para qué la quieres?

Daniel: ¿Por qué dices que te pedía sangre?

Su amigo tarda bastante en responder, Daniel espera con paciencia:

Eduardo: Wey, ¿te asustaste? Jajaja, era broma.

Estoy cansada. Llevamos dos horas esperando. Se nos acabó el café, las donas e incluso el agua. Tengo ganas de mear, pero no puedo moverme de aquí.

Observo el barrio, a la gente que sale temprano a pasear a sus perros bien cuidados; otros, barren la calle y las entradas de sus casas. No hay pandilleros en las esquinas como donde viví hasta hace un año. Ahora vivo con este idiota que lo único que sabe hacer es coger. Bien, no es lo único, también sabe preparar un buen café. Ahora tamborilea las manos sobre el volante al ritmo de Moonage Daydream y mueve los labios como si la voz de David Bowie fuera la suya.

Mierda. Me distraje. Ahí está el *nerd* de Daniel cerrando la puerta. O intentándolo… Las llaves se le caen. Imbécil. *Mmm,* pero tiene un buen trasero. Bien. La cierra y ahora se mete al auto.

—Parte ya, Rob —digo a mi novio sin perder de vista el objetivo.

Rob acomoda el espejo retrovisor donde vemos el auto de Daniel alejarse por la calle. Rob da una vuelta en "u" poco sutil haciendo rechinar las llantas mientras dibuja un semicírculo en el asfalto y parte a toda velocidad, una que controla luego que le doy una palmadita en la pierna. El nerd maneja como una anciana y lo alcanzamos en un minuto.

El viaje en carretera suponía dos horas, pero con las múltiples paradas, entre ellas por gasolina y baño, se convirtieron en tres horas y quince. Aún es temprano y la pista que le dio su amigo Eduardo exige que llegue de noche. De todos modos, Daniel ya no soporta la ansiedad y decide que no podrá hacerse el valiente por más tiempo. Tendrá que comprarse algo para saciar esa sed insoportable y asesina que le desgarra la garganta, esa pulsación en sus venas que le taladra la cabeza.

Consigue un jugo de fresas y una botella de vodka en una tienda y las guarda en su mochila. Deja solo un cuarto del jugo para que se impregne de color el resto que rellena con el licor. Después de tomarlo todo a tragos largos, se pasea por el pueblo relajado y sonriente, los pulmones se le llenan de aire y eructa. Se siente invencible y poderoso. La arquitectura colonial lo deslumbra, como si no la hubiese visto antes. Su sonrisa mostraba sus frenos sobre dientes blancos. Bajo sus pies, el suelo a veces es de cemento, otras de terracería o de piedra.

Se sienta en la placita frente a la catedral y observa el paisaje mientras termina su botella. Se la acaba muy rápido y decide llenarla otra vez, solo que no hay más jugo, pero espera que con la etiqueta sea suficiente para disimular el contenido. No ha comido desde muy temprano y casi son las cinco de la tarde, piensa que sería buena idea meter algo al estómago antes de que la bebida lo empiece a controlar. Cree que está dominando bien el juego: «Mañana ya no beberé. Solo es por hoy. Lo necesitaba. Se viene algo importante. Pinche nahual. Más le vale curar a mi viejita».

Su mente continúa repasando los últimos instantes en los que visitó a su madre. Han pasado dos semanas de eso. Tenía fiebre y estaba conectada al tanque de oxígeno. El nahual apareció al siguiente día que aparecieron los síntomas más fuertes. El cielo mostraba un sol implacable que hacía arder hasta el aliento.

—Mi madre no puede atenderlo ahora, está… —dijo Daniel desde la puerta, sólo asomó la cara.

—Ya sé que 'stá malita, pero no vengo a verla a ella, vengo a verte a ti —dijo el nahual con su voz silbante y le apuntó con el índice.

Entonces Daniel volteó a ver a su madre que dormía su segunda siesta del día a causa de la fatiga. Luego su mirada regresó al hombre que le decían nahual en el pueblo y que su madre, como algunas otras personas, le compraban medicamentos.

—La luna me dijo que podía conseguirme una pieza, una pieza que ha estao perdía por mucho año y que han sustituio en el museo de la capital con otra falsa…

Daniel seguía en el marco de la puerta, aunque ahora de cuerpo completo frente al pequeño y delgado hombre de ojos negros. Daniel se perdió un momento en esos ojos que le recordaban a los animales nocturnos. Eran vivaces y se imaginó que brillaban con tonos rojizos en la oscuridad. Le pareció que se caía en un pozo de aguas oscuras que brillaban plateadas con la luz de la luna.

—Es el Ahuízotl… —continuó el nahual—. Lo he buscao por mese y no soy el único. Pero solo yo podría tener buena intención con ese tesoro… ¿Has visto la sequía que aqueja en too´ este lugar?

—No solo aquí… —dijo Daniel pestañeando para sacudirse aquellas aguas oscuras en las que había caído. Vio al nahual sonreír y asentir.

—Tráemelo. Sé que está perdio bajo las aguas. Y la luna me 'ijo que solo tú puede encontrarlo.

Daniel hurgó en sus recuerdos hasta dar con su amigo de la universidad que había dicho que tenía aquella figura, la verdadera. Entonces, Daniel le dijo al nahual que lo haría con la condición de que sanara a su madre. El hombre de ojos negros y profundos aceptó.

Daniel regresó a la capital y pasó días investigando sobre Ahuízotl. La leyenda decía que era un sirviente de Tláloc y atraía a sus víctimas hacia las aguas imitando el llanto de un bebé. Luego se comía sus ojos, uñas y dientes y dejaba los cuerpos flotando sobre las aguas. Las almas otorgadas en sacrificio traían la lluvia.

Daniel decide ir a una tienda de deportes, bebe un más antes de entrar y guarda la botella. Compra una linterna, cuerda, ganchos para rapel y un sobre de plástico para celulares. Regresa al auto y se queda dormido.

Horas después, el sol enrojece las nubes que se deslizan junto con él y se esconden tras el horizonte. Daniel se refriega los ojos con los nudillos. Sale del auto y estira la espalda hasta que truena. Suelta un gran bostezo que termina sonoro y regresa al auto. Coloca en el celular la ruta para llegar a la Gruta de la Estrella y parte al ritmo de Ex´s & Oh´s de Elle King. El mapa le indica que llegará en veinte minutos.

Tenemos lo mismo que consiguió Daniel en la tienda, aunque cambiamos la linterna por cascos que la traen incluida. Lo seguimos en la carretera con las luces apagadas, lo cual es un poco difícil, pero necesario.

—Lo conseguirá y se lo quitaremos —dice Rob entusiasmado sin perder de vista las luces del auto de Daniel—. Será fácil. El jefe te pagará lo prometido y nos vamos a Hawái, a nuestra luna de miel.

Lo escucho y sonrío. Me sorprende el timbre el del teléfono. El jefe me llama. Contesto:

—¿Lo tienen? —pregunta el hombre con su voz aguardentosa.

—Aún no, pero…

—Te doy veinticuatro horas. Los compradores no esperarán más tiempo y habrás perdido tu oportunidad.

—Bien. Lo sé…

—Si vuelves a fallar, olvídate de Rob.

Volteo para ver a Rob. Me parece un niño que juega al mercado negro. Me doy cuenta de que lo quiero… eso no me gusta. El jefe cuelga la llamada. Guardo mi celular y Rob ni siquiera me pregunta qué fue lo que dijo el detestable hombre.

La carretera se extiende solitaria hacia el frente. Daniel no nota el auto que lo sigue a cien metros de él. Se estaciona a varios metros de la entrada. Guarda su celular en el bolsillo trasero del pantalón y busca la linterna en su mochila para iluminar el camino negro. No se ve nada, solo escucha el ruido de los insectos a su alrededor. Sus manos palpan el asiento hasta que se topan con la botella, aún le quedan unos tragos de vodka. Los bebe veloz y desesperado. Se mentaliza en que serán suficientes para ir por la pieza del Ahuízotl y salir de ahí. Podrá comprarse algo más para celebrar más tarde. Prende la linterna y apunta el camino que debe seguir.

Recorre un sendero ancho de cemento hasta que encuentra unas escaleras. Su corazón está acelerado. Daniel no le tiene miedo a la oscuridad, pero sabe que lo que hace está prohibido y él no suele romper las reglas.

Escucha murmullos tras él y retiene la respiración. Apunta con la luz de la linterna hacia el ruido y solo alcanza a ver algunas hojas de arbustos moverse. Exhala. Regresa la luz a la escalera y continúa el camino en descenso. Después de diez minutos bajando, sus manos sudan, al igual que su espalda y frente. Se sienta un momento en los escalones y respira profundo la negrura que lo arropa. Ilumina a su alrededor para apreciar el camino que está recorriendo casi a ciegas. Huele a tierra, árboles, matorrales y humedad.

Recuerda a su madre con la mirada fatigada, los labios blancos y las manos frías. Daniel se levanta y ajusta su mochila. Los ruidos tras él continúan e intenta ignorarlos pensando que es imposible que haya alguien en ese lugar además de él.

Los cuatrocientos cincuenta escalones se acaban. Calcula que bajó aproximadamente catorce metros. Ilumina el grande páramo que tiene enfrente y entonces la luz choca con la gruta y se pierde en la entrada profunda y negra que sigue de un camino angosto y cerrado con una pequeña rejilla de metal.

La puerta de metal es tan pequeña que sólo necesita levantar la pierna para continuar por el camino de cemento hasta la oscura entrada de la gruta.

El angosto sendero está rodeado por árboles con ramas largas que parecen intentar agarrarlo. En cada latido se pregunta si acaso la luz de la linterna será suficiente para comer parte de aquella oscuridad o será ésta la que devore su brillo.

Entra a la gruta y sigue un camino de cemento con barandal metálico a los lados. El sonido del agua del río subterráneo rebota en las paredes irregulares y llega a él en forma de cascada. La linterna logra iluminar el sendero, así como también el cuarzo, las estalagmitas y las estalactitas como dientes de una bestia gigante. Escucha de pronto un aleteo. «Murciélagos», piensa. Se agacha con el corazón palpitante en la garganta. Traga saliva, piensa en su madre y se levanta otra vez. «Tú puedes». El ruido, como un grito de mujer, lo hace gritar también. Se cubre la boca, arrepentido. «¿Qué diablos fue eso? Nada, no ha sido nada». Continúa.

El camino se divide, pero encuentra un letrero que dice: *Descenso al río subterráneo*. Respira profundo. Se sienta en el suelo y deja la linterna apuntando hacia él. Busca en la mochila su equipo de rapel. Se lo coloca y maldice por no haber llevado un casco con linterna. Tendrá que sujetar la linterna en la boca. Asegura las cuerdas por los ganchos que ya están enterrados en la superficie del descenso. Los revisa en su cinto también y se anima a bajar. Nunca lo ha hecho, pero lo ha visto en videos. El poco licor que queda en su sangre le da la confianza que necesita y se alegra de haber comprado el vodka.

Después de enganchar las cuerdas, se sujeta de ellas dando la espalda a la boca oscura que lo acercará al río. Sus pies van pisando la pared irregular. Baja, poco a poco, un paso a la vez. Cada pisada es un golpeteo ansioso en el abdomen y otros en el pecho. Le cuesta respirar con la linterna entre los dientes. El sudor le cae a gotas gordas por la cara. Se detiene a mitad del camino y frota una de sus manos en la ropa para secarla, mientras que con la otra continúa afirmándose con fuerza. Luego frota la otra mano. Continúa. El descenso no ha acabado, pero ya no puede seguir bajando del mismo modo. Exhala mientras la saliva le chorrea por la comisura de los labios y la linterna se desliza hasta caer, rebota entre las irregularidades de las paredes abultadas. Emite dos rayos dramáticos antes de romperse y dejar de funcionar.

La respiración de Daniel se acelera y empieza a hiperventilar. Continúa bajando a ciegas hasta topar con una roca, chocando constantemente entre las irregularidades. De pronto, Daniel resbala y cae un metro. Termina abrazado de una roca entre sollozos. Deja pasar un agudo y frío dolor en las rodillas y la barbilla. Con la mano trémula se soba el mentón y siente el líquido que brota de una herida punzante. Siente la boca seca y se anima pensando en el brindis que tendrá saliendo de la gruta con la pieza en la mano. El ruido que hace el río como múltiples cristales en movimiento se escucha cada vez más cerca.

Busca su celular y enciende la luz. Ilumina a su alrededor y se da cuenta que tendrá que seguir bajando. No puede mantener el celular con una mano sin arriesgarse a perderlo como la lámpara anterior. Lo guarda. Pasa pequeños senderos de roca aferrándose de las paredes intentando remover la espesa oscuridad con sus pestañas.

Se detiene y alumbra otra vez. Se da cuenta de que está a un metro del agua, pero no sabe qué profundidad tiene. Sin embargo, piensa en que, si el lugar es explorable para los turistas, no debe ser tan hondo y menos peligroso. Con ese pensamiento decide saltar. Daniel se hunde un segundo y al siguiente, sus pulmones lo llevan a la superficie y sus pies logran sujetarse sobre piedras. La temperatura gélida le estremece la piel y Daniel suelta un grito mientras sacude el exceso de agua de su cabello y ojos. Ha perdido los lentes y por un momento da manotazos bajo el agua para intentar cogerlos por si aún flotan a su alrededor. No los encuentra. «Se hundieron, maldita sea». Daniel grita, colérico. El nivel del agua le llega al pecho y la corriente es suave.

La conversación con su amigo Eduardo el borracho regresa a su mente: «Una estaca. Hay una estaca enterrada encima de donde enterró la figura». Suelta un gruñido de hartazgo, ya quiere acabar. «No se ve nada. El río es enorme, ¿cómo diablos voy a diferenciar una estaca en el fondo entre tanta piedra? Solo chocando con ella», piensa.

Murmullos de voces llegan a sus oídos y su corazón vuelve a brincar hasta su garganta. Se queda estático y agazapado a una de las paredes.

—¡Estoy bien! —Daniel escucha gritar la voz de un hombre—. Sigue…

—Cállate —dice la voz de una mujer con un tono que busca ser un susurro. Pero es imposible, el lugar rebota el sonido y lo amplifica—. Voy tras de ti.

Daniel traga saliva. «Tengo que apurarme. La única salida es por el río». Guarda el celular en la mochila. Prefiere continuar a ciegas usando sus manos.

Daniel, palpa con los pies y con sus manos las paredes del río. Sigue contra la leve corriente para ubicarse. Tropieza a veces con las piedras o se resbala con otras. Traga un poco de agua. Su cuerpo entumecido tiembla. Ha avanzado varios metros y siente haber palpado cada metro caminando en zigzag de una pared a otra.

Después de unos minutos, las voces que hacen eco en la gruta vuelven a sorprenderlo. «¿Quiénes son? ¿Qué pasará si me encuentran aquí?». Se dice que todo ha sido una estupidez y que solo debe salir de ahí cuanto antes. Ya no es tan escrupuloso al avanzar y se aleja más rápido. Deja de importarle la pieza.

Luego de unos metros, una estaca más fría que el agua le atraviesa el pantalón y detrás de la rodilla hasta la arteria. Un agudo e intenso dolor le sacude el cuerpo como una corriente eléctrica. Daniel deja escapar un grito desesperado que se ahoga al hundirse porque sus piernas ya no tienen la fuerza necesaria para mantenerlo de pie. Bajo el agua, con la oscuridad penetrante, intenta coger su pierna lastimada con las manos temblorosas. Le falta aire, sube la cabeza y agarra un poco y se vuelve a hundir.

Daniel se ahoga en medio de aguas oscuras. No logra alcanzar la pared que apenas tiene a medio metro de él y la pierna punzante lo derriba. El calor de su sangre que emerge de su herida entibia el agua a su alrededor. Su boca y nariz se confunden intentando con desesperación obtener el aire que le falta y degusta el sabor ferroso que ha conseguido río. Daniel no vuelve a subir a la superficie.

En los últimos segundos de consciencia nota una luz roja que aparece en el fondo del río a pocos centímetros de él y entonces, con los ojos medio abiertos, logra ver la estaca que ha roto su arteria. Su cuerpo convulsiona. La falta de oxígeno lo matará. Pero la luz roja va en incremento y hace temblar el fondo del río bajo las piedras. Caen estalactitas a su alrededor, unas le rozan la piel de brazos y cabeza; cortan más pedazos de piel y liberan más sangre. El temblor de la tierra hace emerger la figura del Ahuízotl que buscaba. Su forma de perro flota como si tuviera aire dentro, como si no fuera de piedra. El perro de agua se baña con la sangre de Daniel. Intenta estirar su brazo, pero solo logra mover un dedo y se deja llevar por un estado de inconsciencia.

Un nuevo ruido de manoteos sobre el agua rebota entre las piedras y se zambulle hasta los oídos de Daniel. Los ojos se abren grandes, han cambiado a un rojo sangre.

Los nuevos ojos le permiten ver a través de la oscuridad. Daniel percibe todo a varios metros de él. Bajo el agua, dos piernas que se mueven intentando mantener el equilibrio sobre las piedras del río. Daniel sube su cabeza y mantiene los ojos y la mitad de la nariz fuera del agua y se acerca sigiloso al hombre que ilumina el resto de la cueva con el casco que lleva en la cabeza.

Al fin veo la luz de la linterna de Rob. Quiero decirle que casi llego, pero no debemos hablar, aunque estoy casi segura de que Daniel ya nos escuchó. Llego al final del camino rocoso y volteo iluminando con la linterna de mi casco el río. Ya puedo verlo. Veo a Rob que me espera con una gran sonrisa. Nuestras miradas se cruzan un segundo. Salto sobre la planicie de una roca más grande. A unos centímetros del agua. Ahora solo tengo que brincar al agua. Mi casco ilumina a Rob otra vez. Me hace una seña de que me apure. Miro el agua otra vez y el ruido de un llanto de bebé me detiene y me hace resbalar hacia atrás. Caigo y me golpeo el culo y la espalda. ¿Un bebé a estas horas?

Busco a Rob con la luz de mi casco. Ya no está. ¿Dónde estás Rob? Ya no se escucha el bebé. ¿Rob? ¿En serio estás jugando ahora? Espero. Espero un poco más. Pasan un par de minutos. El estómago se me convierte en un nudo.

—Rob… —digo intentando que mi voz se escuche sobre el ruido del agua—. ¡Rob! —deja de importarme todo—. ¡¡Rob!!

Salto al agua y vuelvo a gritar su nombre entre temblores. El frío y el miedo me sacuden. Mi nuca está caliente y palpita. Mi linterna ilumina alrededor de la cueva. Me siento como en el estómago de un monstruo gigante.

Una brusca vibración me hace voltear a mis espaldas. Un grito desgarrador me raspa la garganta y mi mano se posa en mi boca desesperada. Rob flota boca arriba. Su rostro muestra una expresión de terror en la que el hueco de los ojos está vacío y sangrante. Su boca se abre en un lamento y deja ver encías abiertas y destrozadas, sin dientes.

Las piernas me fallan. Todo el calor se encuentra en mi frente. El estómago se me comprime. El resto del cuerpo está entumecido y apenas responde. Los ojos pestañean con debilidad. No sé qué hacer. No puedo pensar. La vibración aparece otra vez, es un pequeño remolino que se forma a mi lado. El nuevo llanto de un bebé que me sacude el alma. Lo busco, desesperada, con la linterna. No entiendo nada. Unas burbujas se sobreponen y de pronto, una mano humana se asoma a la superficie seguida de una cola larga y gris.

Mi instinto de supervivencia se activa al fin y hace que el cuerpo se mueva para alejarse. Pero la cola gris me alcanza y me rodea el cuello, mientras que la mano humana que corona su punta me presiona la cara. Quiero gritar. Una fuerza me jala hasta el fondo y la linterna en mi casco ilumina bajo el río y las piedras.

Entonces veo a mi enemigo. Es el *nerd*, con ojos rojos, orejas de perro gris y la mano en la punta de la cola que me asfixia. La sonrisa perversa de Daniel se incrementa, a medida que el resto de su rostro se llena de pelos como si se convirtiera en un hombre lobo. Muestra colmillos feroces y una lengua larga que ondea…

Daniel deja el cuerpo de su segunda alma elegida en sacrificio para Tláloc, flotando en el río que choca con las paredes de la gruta. Le ha quitado también los ojos, los dientes y las uñas.

Contra la corriente encuentra la salida entre dos pilares rocosos que forman la cueva.

Al cruzar los pilares, una lluvia torrencial lo empapa junto al río. Pero no le molesta, tampoco la insistente oscuridad. Llega a una orilla y camina mientras su cuerpo cambia de forma otra vez. Las orejas se desvanecen, la cola deja solo un hoyo en el pantalón al desaparecer. La herida de la pierna y del mentón ya no existen. No necesita lentes para ver bien. La mochila ahora pesa más, pero su fuerza es mayor.

Camina por media hora y casi llega a su automóvil. Su celular vibra. Lo busca en la mochila y lo encuentra bajo la figura del Ahuízotl, el perro de agua.

—¿Lo encontraste? —pregunta el nahual coyote en la llamada.

—¿Tú qué piensas? —dice Daniel con una sonrisa socarrona.

—La lluvia me dice que sí…

—Así es. ¿Y mi madre?

Daniel se siente mejor que nunca. Sigue avanzando entre los árboles.

—Lo siento. Ha fallecio hace media hora…

Daniel se detiene. Un miembro largo y gris surge del final de la espina dorsal y sale por el orificio de la tela del pantalón. Es la cola del Ahuízotl, que se levanta por encima de su cabeza y toma el celular con la mano humana que termina en ella. Lo presiona hasta triturarlo. Los pedazos caen al suelo mientras unas orejas grises de perro nacen de la cabeza de Daniel y los ojos brillan de un rojo sangre en la oscuridad.

Agua eres y al agua volverás

Zaida Ríos

Guadalajara, Jalisco (1981). Estudió Ciencias y Técnicas de la Comunicación. Apasionada de la literatura y la escritura. Ha tomado talleres de creación literaria con diversos autores, así como múltiples cursos de corrección de estilo y narrativa.

Forma parte del proyecto "Homenaje a escritoras y escritores contemporáneos" en su edición de Baja California Sur, de Ediciones Aveazul. También ha publicado cuentos en medios digitales como las revistas "Alas de cuervo" y "Semillas de Sauce".

Desde 2021, forma parte del catálogo de autores de Pathbooks, donde publica cuentos para niños y jóvenes.

—Cuando recuperé la conciencia, me encontraba en una pequeña ensenada. Sentí la arena granulosa en la piel de mis mejillas y aunque mis ojos se habían adaptado a la oscuridad, tardé unos segundos en reconocer los muros de roca húmeda y la enorme bóveda sobre mi cabeza. Supuse que la corriente me había arrastrado hasta ese rincón, en las profundidades del sistema de cuevas, y el miedo contrajo mi estómago con un calambre. Estaba viviendo una de mis peores pesadillas.

El hombre se acomodó bajo las sábanas de la angosta cama de hospital. Aunque el movimiento fue mínimo, su rostro se contrajo por el dolor. Aclaró su garganta y continuó con el relato.

—Recordé las palabras de Emilia, unas horas antes en el hotel, cuando me rogó que me quedara con ella a tomar mojitos, a un lado de la alberca. Pero yo quería aventura y diversión. Quería volver a ser el hombre intrépido y aventurero que era hace algunos años, antes de conocerla: el espeleólogo submarino, el explorador incansable. Lejos de las poses estudiadas y las exigencias de mi mujer. —El hombre contrajo el entrecejo y suspiró. Un fuerte aroma a fármacos y antisépticos inundaba la habitación—. No me malentienda oficial, yo amo a mi esposa, pero no recuerdo cuando fue la última vez que hicimos algo solo para nosotros. Sin fotografías para las redes sociales o sin hacer una transmisión en vivo.

—Entiendo que su mujer es una *influencer* famosa. —El oficial de policía volvió su rostro hacia la puerta, con el recuerdo grabado de la mujer rubia y atractiva que esperaba en el pasillo.

—Se supone que los dos lo somos. Tenemos un canal de viajes en pareja y, como se imagina, es muy importante que nuestros seguidores nos vean siempre felices y enamorados, pero, aunque no me lo crea, oficial, eso también cansa. En realidad, ella es la estrella. Todo el mundo la ama. La mayor parte del tiempo yo solo soy el que toma las fotos y me siento como una especie de accesorio. Por eso quise irme solo y busqué una actividad que sabía que a ella no le iba a interesar.

—Se refiere a bucear en los cenotes.

—Sí. Un día antes habíamos visitado uno y tomamos muchas fotos y videos, ella me dijo que no soportaba la sensación de estar bajo tierra.

—Y se inscribió a la excursión de Aktun Ha.

—Sí.

—Pero, al final, no fue eso lo que hizo, ¿verdad? Cuando su esposa lo reportó como desaparecido, nos pusimos en contacto con la empresa *Adventure Tours Yucatan,* y ellos nos dijeron que se había ido con otro grupo.

—Sí. Conocí al grupo de exploradores en la agencia. Me contaron que estaban recogiendo equipo para hacer una exploración de unas cavernas que descubrieron hace poco, a unos cinco kilómetros del cenote de La Calavera. Me invitaron a que fuera con ellos y acepté.

—¿Lo invitaron?, ¿así nada más?

—Sí. Uno de ellos me reconoció, por el canal en *YouTube,* y me invitaron.

—Ya veo. Esas cuevas están cerradas para turistas, señor Chasvick. Bueno… cuénteme qué pasó luego de que se perdió y despertó en la cueva.

—No me perdí, ya le expliqué que la corriente cambió, se abrió una especie de socavón y me succionó por el cambio de presión.

—Bueno, ¿y qué pasó? ¿Qué ocasionó sus lesiones?

—¡Ya se los dije! A los doctores y a su otro compañero…

—Señor Chasvick, debe entender que por la naturaleza fantástica de lo que cuenta, pues, va a tener que contarnos otra vez, porque…

—Está bien. Está bien. Desperté en la cueva, desorientado, asustado. Tuve que hacer acopio de toda mi fuerza de voluntad para no abandonarme a la desesperación. Al principio pensé que estaba ciego, porque todo era oscuridad, solo sentía la humedad y el calor abrumador de la selva, y ese olor tan especial del agua salada y los animales submarinos. Entonces, cuando mis ojos se acostumbraron, la vi a ella… Estaba al centro de la cueva, rodeada de agua. Al principio pensé que era un montículo de arena o una roca, pero luego me pareció percibir que algo me acechaba en la oscuridad y al prestar atención me di cuenta de que se movía, que seguía con sigilo todos mis movimientos. Busqué en mi equipo una barra luminosa y sin dudar, la activé. El haz de luz fue suficiente para iluminarla y por un segundo pensé que estaba soñando.

—¿Por qué?

—Sé que es difícil de creer lo que voy a contarle, pero créame, todo es verdad.

—Muy bien, lo escucho.

—Al principio me pareció que era la mujer más hermosa que hubiera visto en mi vida. No se imagina, nunca había visto un ser como ese. Ni siquiera puedo empezar a describírsela. Era como si… como si, no fuera de carne, toda su piel parecía hecha de un millar de gemas, que resplandecían con la débil luz de mi barra. Le hablé, pero no me respondió; sin embargo, se acercó a mí, muy lentamente. Conforme se acercaba a la orilla, me percaté de que estaba completamente desnuda. ¿Te hiciste daño?, ¿dónde está tu equipo? Le pregunté, creo que como una forma estúpida de recuperar el control y de no mostrarle mi nerviosismo. Me obligué a razonar y se me ocurrió que tal vez ella formaba parte de algún otro grupo de expedición. Que era una modelo o actriz, con un maquillaje exquisito y extravagante, y que seguro había sido engullida igual que yo desde otro punto de los túneles. Pero no. Ella se acercó a mí, y cuando estuvo solo a un palmo me preguntó: ¿Cuál es tu más grande deseo?

El hombre se estremeció bajo las sábanas. Tenía la frente húmeda de sudor y el aroma de su transpiración y la sangre, hizo que el oficial se llevara una mano a la nariz y diera un paso atrás. Para disimular su molestia, el policía sonrió e hizo una inclinación de cabeza, con la intención de que el hombre en la cama continuara con su relato.

—La voz de ese ser, fue como escuchar el clamor de las olas en la playa —susurró el señor Chasvick con la mirada desencajada, como si delante de él se materializara el horror que vivió—. Mi mente racional se debatía, entre la realidad y una extraña sugestión que emanaba de ella. ¿Qué es lo que más deseas en la vida?, insistió ella. Me obligué a mirarla a pesar de que cada célula de mi cuerpo gritaba que huyera del lugar. Ella tenía medio cuerpo fuera del agua. Yo no podía dejar de mirar sus senos desnudos que parecían tallados en ópalos gigantes. Por alguna razón, que la verdad no puedo explicar, me imaginé probando esa piel nívea que brillaba, y, como si ella pudiera leer mis pensamientos, me obsequió una sonrisa. Sus ojos, de un color similar al agua del cenote, brillaron en la penumbra. En este lugar hay tesoros ocultos, tan grandes que podrían satisfacer la ambición de cualquier hombre, dijo ella. Alargó su brazo y con un ademán abarcó la cueva. El gesto hizo que los músculos de su vientre se tensaran y se ciñera su diminuta cintura. Pero tú, ¿me deseas a mí?, dijo con esa voz áspera y gutural, ¿renunciarías a la riqueza por mí?

El hombre se estremeció y tomó una bocanada de aire, como si acabara de emerger de una zambullida. Con los brazos temblorosos, cubrió su rostro e inclinó la cabeza.

—¿Entonces qué pasó, señor Chasvick?

Cuando el paciente volvió a mirar al policía, las lágrimas corrían por sus mejillas y su voz había perdido toda su potencia.

—Ella salió del agua y se acercó a mí. La mitad de su cuerpo no era el de una mujer, oficial… Era… Como una serpiente marina. Ella era un monstruo y no pude escapar. Me envolvió con su enorme cola y sus brazos se convirtieron en una presa que me inmovilizó por completo. Era increíblemente fuerte, como si estuviera hecha de piedra, por más que luché no pude liberarme. Sus labios recorrieron mi rostro y toda mi piel… Estaba helada. Recuerdo que temblaba de frío, mientras ella me tocaba, a pesar del calor sofocante y de que la arena y el agua eran cálidas, sentí su frialdad igual que el agua que proviene del fondo del mar. Pero a pesar de todo ese frío… Yo, no me pude resistir a ella.

—¿Qué quiere decir con eso, señor Chasvick? —Los gruesos labios del oficial, se plegaron en una especie de mueca maliciosa.

El hombre sobre la cama guardó silencio y desvió la mirada.

—¿Señor Chasvick? —insistió el oficial.

—Ella me tocó de una forma íntima y yo le respondí. No pude evitarlo… Fue como si no fuera capaz de controlar mi cuerpo y mi mente. Era muy fuerte, muy fuerte y muy poderosa. Juro que en algún punto… Estoy seguro de que ella estaba dentro de mí.

—¿Cómo?

—No lo sé.

—¿Quiere decir que la mujer, lo penetró…?

—¡No lo sé! Pero la sentí debajo de mi piel, en mis entrañas. Aún la siento…

—Eso es imposible, señor Chasvick.

—Le estoy diciendo lo qué pasó.

—Los médicos le han realizado todas las pruebas perti-
nentes, y fuera de, bueno, la lamentable amputación que su-
frió, su estado de salud es bueno. De hecho, podrían darlo de
alta en cualquier momento.

—¿Amputación? ¡Ella me obligó! ¡Ya se los dije!

—¿Lo obligó a qué?

—A elegir que parte de mi cuerpo iba a comerse.

—Señor Chasvick, ¿está diciendo que fue usted el que se
cortó la mano derecha?

—¿Qué? ¡No! ¡Por supuesto que no! ¿Cómo puede pensar eso? ¡Ella me dijo que debía elegir o se comería mi corazón! —Las palabras se atropellaban y salían del pecho del
hombre como una especie de rugido. Su nariz goteaba espesa,
escupía y lloraba y todo se juntaba en filo de las sábanas gas-
tadas.

—Bueno, bueno, cálmese… Si no guarda la calma, lo van
a volver a drogar y solo pospondrá su alta…

—Es que, ¡usted no me escucha!, igual que los doctores
y su otro compañero. ¡Yo, tuve que ofrecerle mi mano porque
si no lo hacía, me iba a matar! —Con el rostro desfigurado
por el dolor y la rabia, el hombre respiró profundo antes de
continuar—. Ella se comió mi mano, mordisco a mordisco.
¡Tuve que aguantar inmóvil el dolor!, ¡escuché el sonido de
mis huesos, crujir, tirado en la arena, ¡roto por dentro! Tenía
las entrañas destrozadas, y no fui capaz de hacer nada, ¡ni de
llorar! Solo podía contemplar cómo se alimentaba de mí, hasta
que se sintió satisfecha. Luego me tomó en sus brazos y nos
sumergimos. Pensé que iba a morir ahogado y la verdad me
dio gusto. Imaginé que eso era mejor a soportar el dolor de

que ella me devorara completo. —Por un segundo, la mirada del hombre se dirigió al muñón envuelto en vendas. La aparente calma que había ganado se colapsó y se abandonó al llanto—. No sé… No… No sé cómo llegué a la playa… No entiendo…

—La mayoría de los cenotes se comunican por un sistema de cuevas que desembocan al mar, señor Chasvick. Por eso los rescatistas lo encontraron en la playa.

—Eso lo sé, pero entienda que…

—Señor Chasvick, ¿ha consumido alguna droga en los últimos días?

—No…

—Como ya le comentamos, los médicos de este hospital tomaron diferentes muestras de su sangre y podemos constatar que…

—¡Sí! Bueno, consumí un poco de cocaína y éxtasis… Pero solo un poco y eso no tiene nada que ver con lo que me pasó.

—No, señor Chasvick. La cocaína es una sustancia ilegal, pero el éxtasis, además de ser ilegal, es muy peligroso.

—Lo sé…

—El éxtasis es una droga muy adictiva y popular entre los jóvenes. Se mueve muy bien en la calle, y con el propósito de sacarle mayor provecho, los carteles la mezclan con toda clase de venenos, algunos provocan efectos secundarios muy feos, señor Chasvick, como alucinaciones, o la muerte.

—¿Está insinuando que todo lo que me sucedió fue una alucinación…?

—Bueno, es eso, o en los cenotes de nuestro estado, vive una criatura que se alimenta de turistas y se complace abusando sexualmente de ellos. —Una risa socarrona se coló de entre sus labios como si fuera un estornudo. El oficial de policía se levantó y, como una extensión de su cuerpo, su compañero lo imitó—. Creo que ya tenemos suficiente de su declaración, señor Chasvick. Le recomiendo que tan pronto salga del hospital, siga el consejo de su esposa y regresen a su país.

—Tienen que buscarla oficial. Le juro que digo la verdad…

—Señor Chasvick, mejor concéntrese en recuperarse rápido y manténgase alejado de las drogas. Buenas tardes y buen viaje.

Los dos oficiales de la policía municipal, salieron de la clínica en silencio. Esperaron hasta la privacidad de su patrulla para mirarse a los ojos y soltar el aire que tenían atorado en el pecho.

—¡Pinches *influencers* de mierda, me cagan con sus pendejadas!

—¿No le crees? Sabes tan bien como yo, que esta no es la primera vez que pasa algo así, Ramiro.

—Exactamente, ¿cómo sabemos que este pendejo no vio algo en un video de alguien más y ahora viene para ganarse sus cinco minutos de fama?

—¿En serio crees que él se arrancó la mano solo? El cirujano dijo que en las radiografías se aprecian las marcas de dientes. Dientes contra el hueso… y la tomografía también mostró unos cuerpos extraños alojados en su cavidad abdominal.

—¡Que ganas de quitarme el hambre, González! El doctor también dijo que eso puede ser aire o inflamación. Deja de pensar en eso…

—Ramiro, en unas semanas, las crías van a estar listas para nacer y ese hombre va a morir ahogado, igual que los otros. ¿En serio no te importa?

—Bueno, ¿de verdad quieres saber? No, no me importa. Él se lo buscó. ¿Qué chingados tenía que andar haciendo en las cuevas cerradas? Ya te lo dije hace tiempo y te lo repito: los de aquí sabemos que no debemos molestar a la Tlanchana. Esos pinches turistas van y se meten donde no deben. Se sienten muy chingones explorando las cuevas como si fuera un parque de diversiones. Se lo tienen bien ganado por la falta de respeto.

»Se ponen hasta la madre en nuestras calles, ensucian nuestras playas y se agarran la selva como patio trasero para sus mansiones. Pero eso no les alcanza, además, van y se meten hasta las entrañas de la tierra, ¡pues bueno! ¡No es mi pedo! Si la Señora del Agua elige a uno para alimentarse, ¡Bien por mí! Si la señora, además, lo ve bueno para sembrarle a sus hijos, ¡chingón! ¿Qué me importa a mí? Ese pendejo debería sentirse honrado por ser elegido. Lo que ella le puso dentro es sagrado; va a crecer, a madurar, alimentarse y luego regresar al agua.

»Además, el pobre señor Chasvick ni cuenta se va a dar. Un día va a sentir que quiere ir al mar o a un arroyo y hasta ahí llegó. ¿O vas a decirme que prefieres salvarle la vida a él y meterte con la voluntad de La Madre de la Ciénega?

—No, eso no. Aunque me dé lástima el pobre… tienes razón. Él se lo buscó…

El mandato

Ana Laura Cañedo Parra

Guadalajara, Jalisco (1969). Licenciada en Medicina Veterinaria. Certificada en Descodificación Biológica.

Busca la proximidad a los espacios abiertos y el contacto con la naturaleza. Después de quince años de ejercer su carrera, volcó la atención en la naturaleza humana, de la cual le apasiona la integración del ámbito biológico, psíquico y espiritual. Es amante de sus raíces y de la literatura, esta es su primera aportación a las nuevas letras contemporáneas.

NADIE ADVIRTIÓ LA PRESENCIA DE LA SERPIENTE. Ninguno de los asistentes notó los dos diminutos destellos y la fina lengua que, de cuando en cuando, asomaba en dirección de Yamil. El cincuate, frío y silencioso, acechaba en el rincón más alejado y oscuro de la habitación, en un orificio formado entre los ladrillos.

El jacal consistía en dos habitaciones hechas de adobe. La más chica era la cocina y la otra funcionaba como comedor, dormitorio, punto de reunión y todo lo que fuera necesario.

Afuera, un leve viento pregonaba la proximidad de la noche; sin embargo, en el interior, los adobes guardaban el calor que el sol riguroso imponía a la casa durante todo el día.

Según, como es costumbre en los pueblos mayas, todos estaban reunidos para presenciar el parto: los padres, las hermanas, y el esposo. Sólo faltaba la comadrona.

Yamil había empezado a sentir calambres en el vientre desde esa mañana, pero siguió con sus labores como en aquellos días en que el cólico la molestaba.

Ya su madre había tomado todas las previsiones para asegurar el éxito del acontecimiento. Extendió en el piso de tierra un petate y encima unas cobijas. Sobre ellas puso una sábana blanca y sobre ésta, colocó hierbas especiales para la ocasión. Acomodó, sobre la pequeña mesa de madera, una especie de mantel, y dispuso encima de éste una pequeña estatuilla de barro que representaba a Ixchel, diosa del parto y de la fertilidad. Ante ésta, a manera de ofrenda, colocó pan de yuca y flores.

Valiéndose de una pequeña vasija de barro, la madre de Yamil quemó unos trozos de copal y esparció el humo por toda la habitación para alejar a los malos espíritus. Estaba todo listo.

Sólo faltaba la comadrona.

El esposo, esbelto y fuerte, tenía lista una mazorca. La más grande y hermosa que encontró. Más tarde tendría que bañarla con sangre del cordón umbilical que sería cortado con un afilado cuchillo de obsidiana. Cada grano se convertiría en semilla sagrada y lo sembrarían con la esperanza y la devoción de los padres. La cosecha sería alimento para el nuevo integrante de la familia. Todo estaba listo. Sólo faltaba la comadrona.

Yamil, con el vientre duro como una roca, aguantaba los dolores cada vez más intensos y frecuentes. Todos lo sabían por la forma en que apretaba los dientes y contraía el rostro. Ni un sonido salía de su boca. La respiración se agitaba y las perlas de sudor de su frente se convertían en grandes gotas que descendían por sus mejillas hasta el cuello. Tenía el pecho y la espalda empapados. Hubiera querido deshacerse del huipil.

El niño estaba ya bien encajado. Solo faltaba la comadrona.

Era bien sabido por la familia que, para que el niño pudiera nacer a la vida, tendría que librar, junto con su madre, una batalla contra los señores del inframundo. Todos los presentes serían testigos. Si todo iba bien, lo lograrían solos. Pero si la batalla se tornaba cruenta, más les valdría tener ayuda.

La madre de Yamil, ya impaciente, se acercó a Zazil, la mayor de sus hijas. Cuchicheó algo en su oído y ésta salió veloz para traer a la partera a como diera lugar.

Zazil recorrió las calles mirando en todas direcciones. La gente del pueblo, sumergida en el pasmoso ritmo de la costumbre, salía tranquila de sus casas para tomar el fresco de la noche. La joven fue preguntando a todos por la mujer sabia. Nadie conocía su paradero. Les resultaba imposible imaginar que no estuviera donde había una madre pariendo.

Zazil llegó hasta el último jacal del pueblo, el único que quedaba por revisar.

Nada. Tampoco estaba ahí.

Se dispuso a regresar con el peso de quien carga una fatal noticia. Decepcionada, al volverse levantó la mirada y, a lo lejos, en el barbecho, vio la silueta gruesa y pequeña que resaltaba contra el cielo rojo del horizonte. Se acercó corriendo. La encontró sudorosa, azadón en mano.

—Pero mujer, ¿qué haces? ¿No ves que te estamos esperando? ¡Yamil está de parto desde esta mañana! —dijo Zazil.

—Yo no soy partera —contestó la comadrona golpeando el azadón contra la tierra dura.

—Pero ¿qué dices? ¡Ándale! ¡Deja eso! —insistía la hermana de Yamil jalando la manga de la mujer.

—No soy partera, ni comadrona, ni nada de eso —dijo zafándose. Luego, bajó la mirada y añadió: —No he tenido el sueño. No puedo traer niños al mundo.

—¿Qué mosca te picó? ¿De dónde sacas eso? —preguntó Zazil arrebatándole el azadón.

La comadrona, sin despegar la mirada del suelo, explicó:

—La curandera del pueblo grande dijo que sólo las que han tenido el sueño pueden ayudar a las madres para traer a sus niños al mundo. Yo no he soñado con la diosa Ixchel, ni he soñado con mis ancestros. No me han dicho que yo pueda traer niños al mundo. No me han mandado hacerlo.

Y, bajando aún más el volumen de su voz, añadió:

—Ni siquiera he tenido hijos. Por eso mejor me quedo aquí, sembrando maíz, a ver si logro servir de algo.

A lo que Zazil contestó:

—¡No estés inventando! Mira nomás: no sabes ni preparar la tierra. Esa semilla se va a desperdiciar ahí en el suelo duro.

Y continuaba: —¡Vente! ¡Mi hermana te necesita! Lo tuyo somos la gente, las mujeres, los chilpayates.

La comadrona, con la vista en el suelo, callaba.

Zazil insistía:

—Tienes que ayudarlos en su lucha para que el niño pueda vivir!

Y ya cansada de la necedad de la comadrona, aventó el azadón que sonó seco contra la tierra, la tomó fuertemente por el brazo, al tiempo que decía con voz fuerte y firme:

—¡Ándale! Ya tenemos todo listo. Ya nomás tú nos faltas.

Llegaron al jacal ya declarada la noche. En el interior, bañada por la luz de las velas, la diosa Ixchel dominaba la escena con su brillo tenue.

La comadrona echó un vistazo por la habitación y, apuntando hacia el escondite de la serpiente, dijo:

—Maten ese cincuate y tapen el hoyo para que no venga a robar la leche del chilpayate.

Luego, tomó unos instantes para invocar el favor de la diosa Ixchel: Parada ante el altar improvisado, tomó un hondo respiro para serenarse. Haciendo una especie de canto, tomó la jícara del copal humeante y con ambas manos la levantó mirando hacia cada uno de los puntos cardinales y hacia la misma Ixchel. Después tomó un manojo de hierbas y las pasó por todo su cuerpo sin dejar de cantar. Por último, guardó silencio y abrió sus brazos en lo alto para recibir la aprobación máxima. Acto seguido, con la mayor naturalidad, se puso manos a la obra con la ayuda de Zazil y de la madre de Yamil.

El olor a cera y la luz dorada de las velas enmarcaron la batalla cual burbuja protectora.

El resto de la familia, unos pasos más allá, escuchó ajetreo, pasos, instrucciones, pujidos. Fuertes pujidos. Luego, el lugar se invadió con un breve silencio que pareció eterno, acompañado de miradas interrogantes entre unos y otros.

Por fin, un sonoro llanto de bebé anunció, victorioso, el final de la contienda.

El cordón umbilical fue cortado con el afilado cuchillo de obsidiana, la sangre goteó sobre la mazorca y el maíz fue sembrado. Ya nada faltaba.

Era casi de madrugada cuando en el jacal de la comadrona, un rayo de luna entró por la ventana y se posó directo en su cara. Así, con el redondo rostro de luna, parecía el vivo reflejo de la diosa Ixchel. Ella, exhausta, al arrullo de los grillos, dormía con la respiración en calma. Los insectos callaron para dar paso a una poderosa voz femenina:

—Aunque lo has realizado antes de soñarlo siquiera, aquí tienes tu mandato. Continúa con tu labor. Jamás dudes del poder que te concedo y venérame siempre. Tus niños seguirán ganando batallas y naciendo a la vida.

Los grillos reanudaron su canto.

Sin acompañante

Lucy Barbosa

Torreón, Coahuila (1970). Maestra en psicología clínica, máster en terapias de la conducta y contextuales. Tanatóloga y arteterapeuta. Después de una lucha intensa contra el síndrome de la impostora, decidió incursionar en la escritura al cumplir 51 años como un valiente y maravilloso regalo para sí misma. Participó en Autobiografías Rebeldes 2, una antología publicada por editorial Cúrcuma (noviembre, 2022).

LA FURIA ME PESA DENTRO DEL CUERPO. Quisiera destrozar todo, pero estoy totalmente trabada. Otra vez el muy infeliz perdió dinero. Nuestro dinero, mi dinero. Necesito llorar, pero solo gimo. Siento que me ahogo. Vuelvo a ver la imagen de los nuevos propietarios del que era mi local en la pantalla del celular, lo aprieto fuerte hasta que me duele. Por fin sale un grito grave. Lo escucho y me doy pena. Doblada por la ira y la impotencia, no puedo ni llorar. Me han quitado algo porque simplemente se les ocurrió. Ignorada, borrada. Las lágrimas corren mientras me tumbo en un sillón.

Estoy y me siento sola, como casi siempre, desde que era una niña. Me llamaron Ixchel como la diosa maya de la luna, del tejido, de la fertilidad, y también de la tormenta y el caos. A mí, solo se me dio dominar el arte de mi abuela paterna, la que me crio y enseñó a bordar los símbolos sagrados, crear ropa y venderla. Fui hija única, "tan madura", que mis padres presumían que no necesitaban andar tras de mí. Una vez tuve la idea de esconderme para ver cuánto tardaban en llamarme. Me ganó el hambre, ya noche fui a la cocina. Mi mamá siguió acostada, viendo junto a papá el televisor en su recámara. Alzó la voz y me dio las buenas noches. Iba a donde me decían, vestía la ropa que me daban. Trabajaba en el puesto y además limpiaba la casa. En la adolescencia no tuve galanes. Nadie anduvo tras de mí, no volteaban a verme los chicos que a mí me gustaban. Podía pasar largo tiempo sentada en una banca de la plaza o del patio en la escuela, ver a las personas caminar o jugar frente a mí, y era como si yo no estuviera. Si faltaba a clases, al día siguiente ningún profesor me cuestionaba. Nadie me extrañaba. Terminé sin contratiempos la carrera con mención honorífica. Recibí de mis padres unas flores, besos, palmaditas en la espalda y felicitaciones el día que me entregaron mi diploma de Técnica en Contaduría. También escuché un emocionado: "Por fin terminamos vieja", mientras se daban un abrazo largo. Yo desde antes de terminar los estudios, decidí seguir trabajando en el negocio familiar. Deseaba poner sucursales en toda la península. Sería empresaria. Ahora recuerdo que la única que me llegó a preguntar sobre mis sueños, fue mi abuela.

Mi papá tenía otros planes para mí. Dos años después, cuando le dije que pensaba abrir otra tienda, respondió que su preocupación era que, por trabajar y acompañarlos, terminara sola. Me presentó a Manuel, quien le parecía un buen partido. Tenía un pequeño rancho familiar y surtía a carnicerías en su camión. Lo mejor era, dijo, que se le notaba que yo le gustaba. Sí lo había visto de pasada, no era feo. Me gustaron su mirada tierna y largas pestañas. Desde el primer día que platicamos fue agradable y simpático. Mi madre quedó encantada con su disposición para ayudarle en casa, y saber lo bien que se llevaba con sus padres. Me repetía que: "El que es buen hijo, es buen marido".

Llegué a quererlo mucho, pero creo que lo que más me ilusionaba, era la idea que tenía del matrimonio y de ser buena mujer. La boda, mi nuevo hogar, dónde trabajar, cuándo tener hijos, cómo tener sexo; todo fue decidido por mis padres, los suegros, o el marido. Ya no solo era la mejor hija y nieta, ahora también esposa, madre y nuera. Todo a través de los otros. Soy buena para ellos, por no persistir en mis ideas y por trabajar duro sin chistar. Toman decisiones, hacen y deshacen sin tenerme en cuenta. Cuando me entero y reacciono, es como si mis quejas o preguntas no se escucharan. Tampoco ven la humedad o el asombro en mis ojos.

Ya mi cuerpo se agotó por llorar, pero no paro de darle vuelta a las cosas. Imagino que me explotará la cabeza. Tengo que hacer algo con tanto dolor acumulado. No solo es enojo hacia ellos, sino también hacia mí. Primero decidieron vender la casita que la abuela me dio, para invertir en nuestra parcela, afuera de lo que sería mi nuevo hogar. Pasé de ser artesana y comerciante en la costa, a ser campesina adentro de la selva. El dinero no regresó, no me daban cuentas. Al paso del tiempo los suegros decidieron que dejáramos nuestra casa a mi cuñado y nos moviéramos a la de ellos, para yo cuidarlos. Por ser trabajadora y tranquila, me gané años viviendo de arrimada, cuidando a la mamá de Manuel durante su enfermedad.

Hoy por la mañana, llevé a mi suegro con mi cuñada. Ella me ha dicho que le apena muchísimo, que de nuevo se aprovecharan de mi marido y perdiera el dinero por la venta del puesto de mi familia en el puerto. El señor comenta que fue mala suerte, porque la idea del nuevo negocio de su hijo era muy buena. El estómago se me encogió como si lo golpearan. Imagino que puse cara de conejo. Simulé que ya sabía y que por la pena no quería hablar del tema. Me despedí. Confundida, caminé rápidamente a casa.

Llego tratando de tomar aliento, me muevo de un lado a otro. Siento algo en la garganta. Entré a la página del mercado y lo encontré. Regresar al lugar que no solo nos dio sustento desde mis abuelos, sino también identidad, ya no era parte de mis sueños.

Otro grito de rabia. Igual de desgraciados Manuel y mi padre. Los dos sabían mi deseo de regresar a Champotón. Era obvio que ese lugar era para mí. Fui la única hija. Y, por ser "más buena que el pan", me lo merecía. ¿Cómo se atrevieron a hacerlo? Por dejada, por no poner límites con mí enojo.

Ya está. Voy a la parte de atrás por herramientas para destruir los muebles y aparatos de esta casa, uno por uno, con todas mis fuerzas. Regreso al interior, inhalo profundo y repaso cada centímetro que decoré y lo mucho que he cuidado la casa que no era mía. En el recibidor, el espejo grande me regresa mi imagen con el marco ancho de metal. Me gustó nada más verlo durante la feria de San Fernando. Lo preferí, en lugar de comprarme ropa. Los enormes maceteros de cerámica negra de Oaxaca. Las dos hermosas lámparas que conseguí durante el carnaval, y por las que me quedé solo dos días en lugar de tres. Todo comprado por mí, y traído con mucho cuidado de la capital. Claro que los demás dicen que, por ser tacaña, rara por pasarla bordando sin salir, y por supuesto, el que solo pudiera tener un hijo.

Veo las tijeras grandes y puntiagudas. Las tomo. Empezaré por los sillones. Fluyen movimientos continuos. Levantar el brazo, dejarlo caer con fuerza, jalar las tijeras hacia mí. Me gusta el sonido de la tela al rasgarse. Repito en el otro sillón, asientos y respaldos. Antes de dañar los aparatos eléctricos, más vale bajar el interruptor principal de luz. También cierro la llave de agua de la banqueta.

Que bien se siente sacar el enojo, vengarse, desahogarme. Sola, sin peleas, sin que nadie silencie mi voz. Desconecto el refrigerador, el horno de microondas, y corto los enchufes. Hago lo mismo con todos los cables de la cocina y por supuesto de donde está el televisor. Abro las puertas de la alacena, me recargo hasta escuchar quebrarse las bisagras. No siento pena por las cosas que nos regaló la familia de Manuel. Con mis manos cargadas de amor y cuidado hacía piezas que enviaba a las zonas turísticas para que, con ellas, otros ganaran más dinero que yo. Lo poco que obtenía, era para el hogar de mi familia.

Corren de nuevo las lágrimas y viejas imágenes de la gente diciéndonos lo listo que fue Manuel al casarse con una mujer que no da problemas. La suerte que tuve de conseguirme un hombre y suegros tan buenos, que me dejaban hacer lo que quisiera en su casa.

¡Las fotos! Uso el martillo. Rompo todo lo posible. Cristales estrellados, portarretratos que no pueden volver a usarse. Las fotos dañadas en las que no estoy, harán que se acuerden siempre de mí. Sé que no pensarán en todo lo que me usaron durante tantos años. Dirán que me dio un ataque de locura repentina antes de dejarlos. Vienen más recuerdos, críticas, risitas burlonas y labores, muchas labores. Me recorre un golpe de energía. Me siento más fuerte. Quiero quebrar, pero más vale controlar el ruido. Debo usar trapos. Primero los desagües de PVC, después cajoneras y roperos. No me lo creo, lo estoy disfrutando. Me detengo. Aunque los lotes tengan mucha distancia entre ellos, debo asomarme por las ventanas, revisar que no haya personas afuera. Corro muy poco una de las cortinas, a las que decido dejar intactas. El cielo está despejado, la calle también. Solo veo un par de perros dormidos. Me giro para continuar.

La cama, casi la olvidaba. Es la única pieza que me cuesta dañar. Tardaba mucho tiempo para juntar el precio del colchón ortopédico y el costo de trasladarme a la ciudad de Campeche. Fue el único lujo que me di un par de veces. Los parientes, al enterarse, bromeaban en relación al sexo. Manuel sonreía de manera cómplice, aunque generalmente dormía en la hamaca. Yo pensaba en lo aburrido, rápido, y lo poco que se daba, por suerte. El pequeño taller y esta recámara, fueron mis espacios íntimos. Uno para estar conectada con mis raíces, crear, ser yo misma sin etiquetas. En este otro para descansar, con delicia, como premio a tantas horas de esfuerzo en cada una de mis labores. Hasta aquí corría mi niño para ser apapachado. Le contaba cuentos y leyendas que mi abuela me relató, mientras lo abrazaba. Creció y ya no viene más aquí. Otra vez exhalo un lamento, tiemblo. Se acabó, a destrozarle, junto con el cubrecama tan bello que bordé. A la nuera no le gustan las cosas "antiguas" y Manuelito, al que obviamente no le escogí el nombre, jamás contradice a su mujer. Mi mano está lenta y torpe. Lo que en este caso no importa. Hice una obra de arte con el cubrecama. Fue mucho esmero y tiempo invertido en diseñar, elegir colores y materiales. Apliqué varias técnicas. Las imágenes fueron bordadas con paciencia y sin errores. En él puse lo que da identidad y orgullo, no solo a mí, sino a todo un pueblo. Hasta mujeres que no sabían el esfuerzo que se requiere, quedaban admiradas.

Le mojo con las gotas de llanto. La presión en el pecho baja a pesar de la infinita tristeza al trozar las figuras. Ahí puse mis anhelos, los deseos de una mujer casada. Ser cómplice de su pareja. Luchar juntos. Ahora me cuentan decepciones, fracasos. Tres cortes largos son suficientes. Me coloco donde pueda mirar el desastre que hice. Ahora sé que no se necesita mucho tiempo ni esfuerzo para acabar con lo que te costó un par de vidas conseguir. No me apena lo que hice. Tres veces levanto los brazos y hago respiraciones profundas, como aconsejan en la tele. Sí, me relajo. Busco una maleta para poner lo indispensable, por supuesto mi telar de cintura, mis utensilios, un par de cambios de ropa. Tomo el pequeño ahorro y la documentación antes de salir. No me arrepiento.

El día sigue bonito. Disfruto el viento fresco y las grandes sombras que dan los árboles. Hay muchos en todo el pueblo. Creo que es lo único que voy a extrañar. Aquí, hasta los días soleados y calurosos son agradables. Camino por última vez las cuadras que me llevan al centro. Escucho a algunas personas cocinar, a otras limpiar. Se me ocurre que si me topo con alguien y me pregunta por qué traigo esta cara, responder que me dio alergia un colorante para telas.

Llego a la oficina de autobuses, saludo a Miguel el vendedor de siempre. Pido boleto para el próximo camión de paso y le dejo el equipaje. Espero en el parque con un agua de marañón de don Julián, sentada bajo la sombra del ceibo. Desde un negocio suena la jarana *El campechito retrechero*, que relaciono a Manuel. Sonrío levemente. No hay rencor, o ahora mismo estoy agotada. No tengo ánimos de definir lo que siento. En la banca de la esquina conversan un par de viejitos. Por la acera de enfrente veo algunas personas caminar a prisa. Desde que llegué a Dzitbalché he disfrutado este árbol por enorme y frondoso. Ver la luz entre sus hojas. Oír a los pájaros. Perder la noción del tiempo.

Escucho un claxon, ha llegado el autobús. Respiro hondo y cruzo la calle. Sólo subimos doña Elodia, su nieto y yo. Veo que puedo elegir un lugar sin acompañante. Me da un enorme gusto porque iré cómoda. Me recargo en la ventana. Tomo el celular y le escribo a Manuel: *Fui yo. Es mi manera de cobrarme. Te dejo*. Mando el mensaje. Apago el teléfono y cierro los ojos. Necesito un descanso. Mañana estaré muy ocupada, cambiando el título de propiedad de la casa de mis padres.

Octubre 2022.

Linajes

Ana Paula Saldívar

Cd. Victoria, Tamaulipas (1997). Licenciada en Enfermería con diplomado en Tanatología por la Fundación Elizabeth Kubler-Ross México. Amante de la naturaleza y los animales, con gran inquietud en los temas de misterio; especialmente los relacionados con la vida, la muerte y el dejar de existir. Dedicada a abrazar sus inquietudes para ayudar a otros a caminar con ella de la mano; ejerce como enfermera, investigadora y empresaria. Desde niña se propuso dejar huellas como un legado su existencia, así empezó en el mundo de la literatura.

LE DANZO A LA LUNA y le rezo al fuego. Si por eso soy bruja me declaró culpable, pero yo no lo decidí así, las circunstancias me obligaron.

Soy descendiente de mujeres con energías poderosas y aunque nunca le di importancia, podía percibir situaciones extrañas a mí alrededor desde muy pequeña.

Al ser tanatóloga, lidiar con la muerte y las energías se ha convertido en mi especialidad, nunca he sido muy normal para ser sincera, me gusta ir contra la corriente, por ejemplo, cuando de niños preguntaban: ¿Qué quieres ser de grande? Mientras las niñas decían princesa o doctora, yo decía bruja hechicera. Y en eso me convertí.

Aquella noche sombría y pesada, mientras todos dormían, yo giraba de un lado a otro en mi pequeña cama. Podía notar como mi perrita caminaba angustiada de ventana a ventana con la nariz en el aire. Debió de pasar más de tres horas hasta que el cansancio me venció. Al día siguiente otra vez no pude dormir, se acabó la semana y yo seguía sin poder dormir. Mis ojos cansados y mi poco interés en el día a día ya empezaba a notarse y a perjudicar mis actividades diarias. Llegaba tarde y a veces malhumorada, no me apetecía comer y dormitaba en los momentos más tranquilos de la jornada.

Decidí contarle a mi madre lo que estaba sucediendo, me miró con sorpresa y su tez morena palideció.

—¿También te pasa? —preguntó con asombro.

—Sí, y ya no lo soporto más, dormir es lo que más disfruto y no puedo hacerlo, no quiero ni siquiera llegar a casa, veo el reloj y noto que es la hora de salida y mi mente se bombardea con pensamientos irreales y frustrados. No quiero estar en casa.

Pasaban las noches y mis ojos soñolientos miraban fijamente a la ventana, pues realmente no encontraba otra forma de distraerme, fue ahí cuando lo vi, ese extraño pájaro parado sobre la rama de aquel árbol viejo y seco. Sería el sueño o mi imaginación, pero podía sentir su mirada penetrante observando desde las sombras.

A la mañana siguiente, visité a Lolita mi vecina, quien era una mujer de apariencia insípida, pero con personalidad y dones peculiares. Sabía poco de ella, pero lo suficiente para tenerle confianza. Recuerdo que mi abuelita me llevaba a que me barriera o curará de espanto cuando era niña.

—Lolita, ¿cómo estás? Yo aquí trabajando como negra para vivir como negra, ya sabes, Dios nos hizo guapas, pero jodidas…

Era nuestro divertido saludo. Pero esta vez estaba muy cansada para bromear. Solo la miré y Lolita me invitó a pasar a su humilde pero cómoda morada. Al entrar se podía oler ese suave aroma a incienso y cera, a la esquina ese majestuoso altar con más retratos de santos y entes de los que conocía y ese viejo, pero cómodo sillón en el que me recostaba desde que era niña.

Lolita solo necesitó mirarme para decir:

— No estás bien. ¿Qué sucede?

Con la voz quebrada y mis ojos a punto de derramar lágrimas, le conté lo que sucedía y de ese misterioso pájaro que me visitaba todas las noches.

—No es un pájaro —mencionó Lolita—. Es un nahual y se alimenta de tu energía. Tenemos que desterrarlo antes de que se quedse adherido a ti. Dime, ¿has tenido problemas con alguna persona?

Pasmada, y aun en *shock*, por lo que Lolita había comentado, busqué en mi memoria quien sería el o la atrevida que quisiera dañarme.

«Desgraciada», pensaba. «Tendría que ser una mujer». Entonces recordé a Doña Leonor, una señora que, tras el suicidio de Pedro, jamás pudo perdonar que lo abandonara. No podía quedarme con él, si lo hubiera hecho, la muerta sería yo.

Lolita me dio una barrida con hierbas de olor fuerte y amargo; o al menos así lo llamaban. Yo solo sentía los ligeros, pero fuertes, azotes en mi cuerpo, acompañados de un montón de rezos y palabrerías. Empezó en mi cabeza y terminó en mis pies para después arrojar el manojo de ramas ya marchitas a mi lado derecho.

—Ya vas a poder dormir —comentó después de lanzar un largo suspiro.

Pero no, todo empeoró esa noche oscura y nublada tras haberme quedado dormida con facilidad, como dijo Lolita. Desperté con el cabello suelto y mis nervios se dispararon.

—¿Cómo? Si me trenzo todas las noches para no despertar con una melena de león. Puede moverme dormida la liga que lo ataba se soltó —murmuré—. Me voy a volver a dormir a ver si me la quitan otra vez —dije malamente en voz alta.

Pasaron casi dos horas, cuando volví a despertar con mi cabello suelto. Muerta del susto, trasladé mi colchón al cuarto de mi hermano, quien ya estaba enterado de lo que sucedía y trataba de ser comprensivo conmigo. Al ver mi inquietud y mis ojos llorosos, Fernando, mi hermano, me invitó a dormir con él en su cama.

—¿Quieres agua? —preguntó.

—Sí, por favor.

Mientras Fernando se dirigía a la cocina, yo permanecí sentada en la esquina de la cama, recargada contra la pared. Miraba fijamente una rendija que había quedado al no cerrar bien la puerta y que justamente daba hacia la puerta de mi habitación…

«Solo falta que abran la puerta», pensaba mientras seguía mirando con tensión y desasosiego aquella perilla dorada.

Se escucha un suave rechinido. Distingo como la perilla se gira mientras la puerta se abre de forma sigilosa. Me permite ver un cuarto oscuro y espacioso, a pesar de que era una habitación pequeña. Emocionalmente escandalizada, giró rápidamente mi cabeza para evitar ver cualquier cosa que decidiera aparecer.

Entra Fernando y nota mis ojos colapsados y mis mejillas mojadas.

—¿Qué pasó? ¿Qué tienes? —Con un nudo en la garganta y una sensación de vacío que recorre mi estómago, apunto hacia la puerta, y jalo suficiente aire para gritar—: ¡La abrieron! ¡La abrieron!

Fernando, aterrorizado al verme, intenta consolarme inventando un montón de situaciones por las cuales la puerta pudo abrirse… pero ya no hay más lógica, simplemente se abrió.

A la mañana siguiente, visito a Lolita para contarle lo que sucedió…

—Lo sé mi niña —responde.

—¿Cómo lo sabes? —pregunto desesperada.

—Era lo que tanto me temía, al barrerte solo los provocamos, esta mujer te ha sembrado un muerto, pensando que, si no estuviste con su hijo en vida, lo estarás en el inframundo.

—¿Cómo? ¿De qué hablas, Lola? No te entiendo. ¿Qué debo hacer?

Pero Lolita no responde.

Se coloca su rosario y enciende un par de velas recitando palabras que no logro comprender. Solo puedo pensar en el muerto y en la capacidad de Lolita para decir tanta palabrería sin respirar.

Las pocas frases que entiendo son algo como "te reprendo, exorcismo, el pecado, mortal y un montón de santos que ni siquiera conozco"". Escuchando eso, mi cansancio y lo del muerto solo puede pensar en que quizá necesitaba un exorcismo, pero cómo. ¿Quién lo iba a hacer?

¿Voy a tener que mandar cartas al Vaticano? ¿Pruebas? ¿Testigos? Tal como pasa en las películas de los Warren.

«Nombre, para ese entonces ya me morí». Pienso antes de desmayarme.

Con los ojos cerrados, tendida y sin movimiento, pero no inconsciente, logro escuchar los rezos de Lolita como una suave voz alejada. Recuerdo que de pronto estar de pie. Verme tirada en el suelo con Lolita aún lado diciendo: vuelve, vuelve, vuelve tienes que volver ahora.

Entonces me despierto mareada y pálida.

—Que susto me diste, niña. No puedes hacer eso sin la experiencia necesaria.

—¿Qué? Miraba como desconcierto a Lolita.

—¿No lo sabes? Saliste de tu cuerpo terrenal. Y no puedes hacer eso sin previo conocimiento. En ese mundo hay seres de bajo astral y si te pierdes puedes quedar en un largo sueño.

Yo aun desconcertada y con asombro no comprendo lo que Lolita trataba de decirme. Fue mucha información para procesar.

Al paso de las noches logré conciliar el sueño. Mi semblante lucía más agradable y había vuelto a hacer mis actividades diarias con gran entusiasmo. Fue en la noche número nueve que el pajarraco volvió.

—Otra vez tú —digo, pero ya no tenía miedo más bien me encontraba cansada, fastidiada y decidida a ponerle fin.

Me armo de valor y le marco a Lolita.

—Está aquí, me está mirando y no parece querer irse —insisto.

—¿Esta lista?

—Sí —le respondo con voz firme y mirada tajante.

Lolita ya tenía conocimiento de mis ancestros. Lo hablamos los días después de que mi alma dejara mi cuerpo. Todo el asunto del muerto que me cargaba encima. No dudo en prepararme y enseñarme a defenderme con magia y rezos. Creí haber aprendido lo necesario para saber y estar segura de que no podía dañarme nada fuera de este mundo terrenal, y que ninguna cosa mala podía ser más fuerte que yo y el linaje corriendo en mis venas.

Tomo mi amuleto y me dirijo a la casa de Lolita, para mi asombro ella ya me espera a media cuadra. Muerta de miedo, claro. y sin mirar atrás aún percibo la mirada de ese pájaro.

—Vine contigo, a pesar de haber sido colocado para dañarte, es un alma buena y solo quiere descansar, está tan harto de verte como tú de verlo. No temas lo peor ya pasó.

Entro a su casa. Sabrá dios si Lolita ya sabía que yo vendría. La sala tiene ese típico aroma; lo que en el pueblo llamamos: "olor a casa de Lolita". La habitación está iluminada por veladoras: un círculo de fuego en medio. Lo extraño es que, a pesar de haber tanta luz, si miras a través de la ventana, puedes notar la oscuridad. Nadie se podría imaginar lo que Lolita esconde en su morada durante las noches.

Nos sentamos en el suelo alrededor de ese precioso y brillante círculo que a pesar de ser de fuego y de lo intenso que se ve, parece no quemarte. Lolita me toma la mano.

—Aquí vamos, iniciando tendrás que repetir esta oración hasta que vuelva, no importa que pase, que escuches o sientas, no puedes soltarme ni dejar de recitar la oración, si lo haces probablemente no regrese.

Aterrorizada, imagino un montón de situaciones que pudieran pasar. Rezo, rezo con toda mi fe mientras tomo con firmeza las manos de Lolita.

«Vaya, cuan fuerte aprieta mi mano; nunca imaginé que esa viejecita tuviera tanta fuerza». Poco a poco puedo relajarme y despejar mi mente. Mis pulmones respiran al ritmo de los tambores y silbidos que resuenan en los coros nativos que Lolita solía escuchar a todo volumen durante las limpias.

Es en ese instante en que Lolita se transforma en una especie de pájaro blanco con un plumaje abundante y resplandeciente; unas alas preciosas que a simple vista se distingue su fuerza.

Sigo rezando, me aferro a la ropa de Lolita mientras ese pájaro se aleja lentamente por la ventana. «¿A dónde va? ¿Y qué debo de hacer yo?»

La tranquilidad se disipa mientras el pánico de no saber lo que pasará se apodera de mí. Recuerdo entonces que Lolita había dicho algo al respecto. Recupero la compostura y sigo rezando. Cierro los ojos para sentirme segura. No debo distraerme. El viento se me pega a la piel. Escucho ruidos extraños como cosas que caen a mi alrededor. Mi piel se eriza. Una sensación de vacío y querer salir corriendo se siembra en mis entrañas, pero no. Ya estoy aquí. Espero a Lolita.

Agotada del rezo distingo al hermoso pájaro que regresa. Ha perdido la majestuosidad. Luce aporreado. En un parpadeo, vuelve a ser Lolita. Cansada y desnuda, abraza sus arrugas.

—¿Lolita? ¿Pues qué te pasó?

—Está hecho mi niña. Hablaremos mañana. Ahora solo ayúdame a recostarme en la cama y pásame esa botella —contesta con voz suave y cabizbaja.

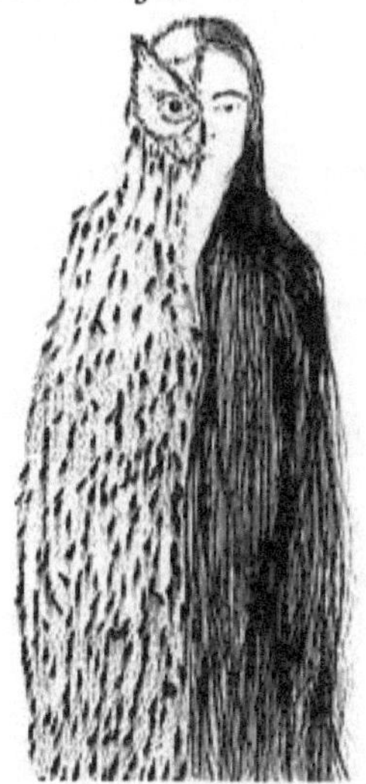

Me quedo esa noche a cuidarla. Después de todo es lo menos que puedo hacer. Quiero que conteste mis preguntas.

Cuando el sol se alza en el horizonte, Lolita no despierta. Parecía estar sumergida en un profundo sueño. Me cercioro de que aún respire. Decido ir a mi casa por una ducha caliente y algo para desayunar. Mientras me baño, acomodo mis ideas para saber qué preguntar. Me arreglo rápido y caliento un poco de lasaña que quedó la noche anterior. Vuelvo nuevamente a casa de Lolita.

Al entrar, la encuentro despierta.

—¿Qué haces?

Lolita barre la casa como si nada como si fuera una quinceañera y nada hubiera pasado la noche anterior.

—Me gustaría hablar de lo que pasó anoche. ¿Cómo hiciste eso? ¿A dónde fuiste? ¿Qué hiciste? ¿Qué pasó con el muerto? No lo entiendo, Lolita. Son muchas dudas y siento que me volveré loca.

—Lo estamos mi niña —contestó Lolita con ese semblante sabio—, pero más locos están los que van por este mundo terrenal creyendo que son los únicos seres que habitan aquí.

—¿También lo eres? Un Nahual.

—Sí.

—Pero, ¿qué no son malos?

—No siempre.

Nunca entendí exactamente lo que había pasado esa noche, pero sabía que ya nada sería igual. Me había vuelto más susceptible a los ruidos, podía notar la energía de las personas y tenía una intuición que daba miedo.

El muerto probablemente, había vuelto a su tumba y Doña Leonor me había bloqueado de todas las redes, quizá ya no estaba interesada en mí o quién sabe qué le habría hecho Lolita. Y la verdad es que no me iba a detener a preguntar, cualquier cosa que Lolita le hiciera, ella se lo buscó. Con el tiempo dejó de importarme lo que había pasado y mis noches de sueño tranquilo volvieron.

Por supuesto seguí yendo a casa de Lolita, pero esta vez a aprender. Ella me enseñaba todo lo que podía, hechizos y rituales y cualquier que pudieran interesarme, me mostraba mis ancestros y guías espirituales y como podía comunicarme con ellos, quién diría que todo eso que pasan en las películas y libros no es del todo inventado.

Lolita se aseguraba de que entendiera sus palabras.

—Si eres respetuosa y agradecida con la Naturaleza y el universo, lo que le pidas te lo dará. Si prendes una vela como portal, asegúrate de cerrarlo.

Jamás te avergüences de tus raíces salvajes y tus dones, te van a llamar bruja como insulto, pues la gente aún no está preparada para vivir entre planos y mundos divinos y tal vez nunca lo estén.

Sigo cultivando mis dones con libros y relatos. Práctico a la luz de la luna y alrededor del fuego. Y si se lo preguntan, la respuesta es no. Aún no he invocado a algún espíritu chocarrero, ¡por suerte!

Tengo siempre presente los consejos y las enseñanzas de Lolita. Aunque yo soy una bruja moderna, y que más da decirlo al fin de cuentas, el mundo siempre les ha temido a las mujeres que vuelan, ya sea por ser libres o por ser brujas.

Y yo sabía perfectamente que en este mundo de tabúes estaba jugando con fuego y sentía que podía quemarme, pero para ser sincera siempre me ha gustado arder.

Y qué más da, arder aquí o en el infierno.

Kahtal alux

Yazmin Alejandra Castro Escamilla

Gómez Palacio, Durango (1991). Maestra en Educación Básica, énfasis en ciudadanía, por la Universidad Pedagógica Nacional, y Licenciada en Educación Secundaria con especialidad en Matemáticas. Ha ejercido como maestra de primaria y secundaria en diferentes escuelas de la región Laguna. Escritora aficionada que ha promovido la lectura, escritura y el pensamiento analítico. Coordina proyectos de Café Literario y aulas interactivas de matemáticas de manera altruista.

INTENTABA DORMIR, pero el golpeteo en la pared me arrancaba del sueño. Los impactos secos iban acompañados de los lamentos de mi hermano. Yo le grité que se callara, pero no lo hizo. Nunca dejó de emitir lamentos en ninguna de esas noches en las que sus ojos se hinchaban de llanto y gritaba sin parar. Cuando nuestros padres se iban, e incluso, en las veces que estaban en casa, la tranquilidad de nuestro sueño se estremecía por el comportamiento de mi hermano. Y sobre todo por esos golpes, por los ruidos nocturnos en su habitación.

Alguna vez mi hermano y yo tuvimos habitaciones conectadas por un pasillo estrecho, pero mis padres derrumbaron la suya para construir una sala-comedor.

Papá y mamá, provenientes de la ciudad, siempre fueron escépticos. Así que, cuando mi hermano les dijo que lo visitó el diablo, no le creyeron. Mi madre, al menos, rendía culto a la iglesia católica, pero papá es agnóstico hasta la médula. De modo que tardaron mucho en dejarse influenciar por las supersticiones de la gente que vive en la localidad a la que se mudaron hace treinta y dos años.

Cuando yo tenía ocho años, la empresa del Estado de Durango. en la que mi padre trabajaba. quebró. Duró varios meses sin empleo hasta que finalmente logró un buen contrato en el sur de la sierra de Hidalgo, para una empresa metalúrgica. El trato era bueno, pero debíamos trasladarnos al lugar, toda la familia.

Papá se fue primero que nosotros. Luego de un tiempo que a mí me pareció que fueron meses, fuimos a visitarlo y nos mostró el pueblo. Era un lugar sin nada destacable, excepto por su variedad de plantas y árboles. Nos enseñó también el pedazo de terreno en el que la empresa construiría nuestra casa.

Yo estaba molesto porque no me agradaba la idea de dejar mi escuela y a mis amigos, y porque ya no podríamos ir al cine los fines de semana. Pero papá me había dicho que pasearíamos mucho, y que había un cine en Puebla y otro en Pachuca. Ahora entiendo que lo decía como si fuéramos a ir, a sabiendas de que, por lo lejos, sería casi un lujo.

La comunidad quedaba a una hora y media del trabajo de papá, pero le dijeron que era la opción más tranquila para vivir con su familia porque varios ejecutivos de la empresa tenían ahí sus casas de campo. Algo así como una comunidad con cero muertos por machete y con menos nahuales que las otras más adentradas en la selva.

Y en la que existían escuela primaria y secundaria. El terreno donde se construyó nuestra casa tenía en aquel momento un huerto y un enorme árbol sabino, de cuyas ramas colgaban extrañas casitas de madera. Papá dijo que el árbol era genial para trepar y colocar un columpio, pero a mí no me interesaba ese tipo de actividades.

Con nuestra casa terminada nos mudamos a la comunidad. Yo ya estaba en secundaria cuando mis padres tuvieron a David. Recuerdo que al inicio me sentí emocionado por ser el hermano mayor, pero después me molestaba tenerlo siempre a mi cargo. David y yo éramos muy diferentes. Recuerdo que una vez, aún yendo él en preescolar, me descuidé un poco y se subió al enorme sabino, como resultado se quebró un brazo y mi padre mandó arrancar el árbol de raíz.

Los campesinos le habían dicho a mis padres que debían hacerle un altar al árbol, o volver a poner algunas casitas como las que quitamos del sabino, las *kahtal alux*. Por supuesto, no lo hicimos.

Juré que jamás volvería a acercarme a la sierra y que me alejaría de cosas como la creencia en los *aluxes*. Por mucho que extrañara a mis padres, prefería pagarles el viaje para que me visitaran en Ciudad de México y darles estancia, que volver a pisar esa tierra. No obstante, cuando papá enfermó, pedí licencia en mi trabajo y me decidí a ir al pueblo.

Mi plan era verlos temprano y regresar hasta el Cerrito para hospedarme en el hotel de esa comunidad. Pero mis padres insistieron en que usara la habitación de mi hermano, ya que la mía era ahora la bodega de los tiliches; además de viejas posesiones que dejé olvidadas, había muebles rotos, llantas reemplazadas, cortinas, sillas rotas, material de construcción y ropa acumulada de más de seis años tras mi partida a la universidad. Dispusieron en la sala un par de sábanas y almohadas para que David pasara la noche en el sofá cama.

Cuando llegué a casa vi un nuevo portal decorado con macetas, y una nueva puerta de madera con adornos de vidrio y acabados de herrería. David fue quien me abrió, su saludo fue frío, y me miró con desprecio. Nada que ver con la calidez de los abrazos de mamá y papá. Su ceño fruncido me anunciaba que no me había perdonado aún.

Cuando entré al cuarto de mi hermano a dejar mi maleta, noté que alrededor de su cama tenía puesto un círculo de sal. Me reí ante la ocurrencia, pues de niño, David también me había contado las historias sobre que el diablo lo visitaba por las noches.

Entonces vino a mi mente aquel día, cuando yo estaba por terminar la preparatoria, en el que mis padres viajaron a Pachuca para asistir a una boda. Recuerdo que me fui de juerga con mis amigos. Había dejado a David en casa y le había dicho que se portara bien, que se encerrara después de la escuela, y que yo volvería tarde.

No sé a qué hora regresé, pero ya pasaban de las doce. Al entrar encontré a mi hermano despierto con todas las luces encendidas. Estaba en la sala de la casa y había arrastrado los muebles para levantar un fuerte, formaban un círculo alrededor de él y tenía varios juguetes, peluches y cojines regados a su alrededor. Lo mandé a su habitación. Le dije que quería que regresara todo a su lugar antes de que mis papás volvieran.

Yo había bebido más de la cuenta. Ustedes entenderán, qué más podía hacer en un pueblo incivilizado cuyo mayor atractivo era dar vueltas a la plaza con el coche o ir hasta el río y regresar a casa.

Me levanté a orinar en varias ocasiones. Cuando por fin conciliaba el sueño, escuché ruidos en la habitación de David. Después de un rato me levanté molesto, me acerqué a su puerta y toqué con fuerza. Le dije que ya se durmiera, que estaba harto de oírlo; regresé a mi cama, pero apenas me senté en ella, volví a escuchar como si mi hermano saltara en su habitación y removiera los juguetes.

Encabronado, regresé de nuevo. Abrí la puerta de un golpe y, al hacerlo, vi que su habitación estaba a oscuras. Encendí la luz y le dije:

—Qué rayos estás haciendo, pues qué tanto revuelves, ya duérmete a la chingada.

David estaba en su cama hecho un ovillo bajo las cobijas. Me dijo:

—Yo no estoy haciendo nada.

—Cómo no, si te estoy oyendo desde mi cuarto. Y ya te dije, chamaco, donde te vuelvas a parar te amarro a la cama para que no estés jodiendo —contesté.

Regresé a mi cuarto. Aún siento culpa por lo que hice esa noche. Pero es que hasta ese momento no entendíamos a David; y en parte desearía no haberlo comprendido.

Luego de eso intenté dormir, pero todo volvió a repetirse hasta que, colmada mi paciencia, tomé el cinturón y le di a mi hermano un latigazo en las nalgas. Y mientras lloraba le amarré juntas las manos diciéndole que si le seguía le amarraría todo el cuerpo. Seguramente la culpa es uno de los incentivos de mi memoria, pues no he podido olvidar los detalles de esa noche.

Apenas iba a salir de la habitación, y en cuanto apagué las luces, David soltó un grito muy fuerte, como si acabara de ver un alacrán o una víbora. Encendí la luz, lo amenacé y le dije que se comportara. Entre sollozos me dijo:

—No apagues la luz.

—No mames, David, no estés jodiendo.

—No apagues la luz —insistió aún con la respiración entrecortada.

Quería apagarla. Me ardió el estómago, pero le dije:

—¡Cállate, pues! Si con eso ya te duermes, te dejo la luz prendida.

Crucé el pasillo, y enojado, entré el cuarto. Total, lo bueno de dejar la luz prendida y la puerta abierta, era que, si volvía a pararse, yo podría verlo desde la habitación.

Pero cuando llegué a la habitación escuché como si David se hubiera puesto de pie y nuevamente saltara sobre el sofá cama. Los resortes del mueble rechinaban. Estaba tan harto y cansado que en lugar de pararme le grité que se callara.

Como respuesta escuché que arrojó algo contra la puerta. Prendí la luz del cuarto, abrí y vi en el piso un gran camión metálico que papá le había regalado para su cumpleaños.

De una patada aventé la puerta, que ya no estaba abierta sino emparejada al marco. Y vi a David tal cual lo había dejado: tendido sobre la cama con la cabeza del lado correcto de la cabecera, semi incorporado por una almohada. Con las manos atadas, apoyadas sobre el regazo.

—Te lo advertí —le dije, y lo amarré con la sábana desde el torso hasta los tobillos, como se envuelve un bebé, pero con los nudos con los que atarías una camisa de fuerza.

Siguió gritando y lo amenacé con pegarle si no se callaba.

Apagué la luz, pero apenas lo hice, comenzó a gritar de nuevo, le dije otra vez que se callara y que si volvía a gritar iba a colmar mi paciencia y le daría de jodazos hasta que de verdad ya no pudiera gritar más.

Apenas había dado dos pasos y me froté las sienes. Fue entonces cuando escuché esos golpes, los mismos de cada noche desde que David hablara del diablo.

Cuando de repente, tiró el grito más terrible que he le he escuchado hasta el momento. Juro que si yo gritara de esa manera me desgarraría la garganta. Giré el cuerpo y en una zancada prendí la luz.

¡Qué chinguen a su madre todos los dioses!

De verdad llegué enfadado ante su puerta. Y mi creciente enfado se alimentaba de la idea de que el endemoniado chamaco, pendejete, estaba tan loco como para dar de cabezazos a la pared si hiciera falta reproducir esos pinches golpes de cada noche. Pero en ese instante, vi algo, como un puto animal que corría junto a mí hacia la sala. Era como si un enorme hoyo negro estuviera en medio de la habitación, en el espacio entre la cama y el ropero.

Me di prisa y me acerqué a mi hermano. Lo cargué como pude y lo llevé a mi cuarto. Siguió llorando largo rato. Yo estaba tan desorientado que no sabía qué hacer. Tenía miedo, pero lo desamarré de prisa. Luego de que me serené le dije que se fuera a dormir, pero no había manera que el chiquillo dejara las lágrimas, le repetí que podía dormir con la luz encendida, le dije que encenderíamos todas las luces de la casa.

Así lo hicimos, dejamos las puertas abiertas. Desde mi cama podía verlo hecho bolita sobre la suya. Le dije que estaría despierto hasta que se durmiera, pero, la verdad, después de observarlo unos minutos me eché la sábana sobre la cabeza y me quedé dormido. Ya no podía mantenerme despierto, simplemente se me había exprimido el alma.

Ahora, cuando años más tarde volví a casa y me encontré con ese círculo de sal, pensé que seguramente mi hermano no había superado aquella noche. Me quité los tenis y rompí su brujería, apagué la luz y me acosté a dormir.

No había amanecido cuando escuché ruido dentro de la habitación. Sin descubrirme por completo me asomé bajo las sábanas. Mi cuarto estaba iluminado por una luz verdosa como la de un semáforo. Sentí que estaba soñando. Luego, con el cuerpo tieso, una sacudida movió mi cama. Como si una chingadera cayera sobre el colchón y saltara sobre mí. Me cubrí la cabeza y algo que no logré ver, me jaló de los pelos.

Frente a mí brincaba y rebotaba un ser jorobado y retorcido, no más grande que un niño. Un duende salido del culo del demonio, con un rostro ancho y arrugado, de pómulos altos y barba rala, con brazos más largos que un humano. Su cuerpo grotesco estaba lleno de cicatrices y de símbolos con forma de grecas.

Cuando esa cosa me jaló el cabello, mi cuerpo se puso rígido. Yo quería gritar. Pero sólo pude llorar. De repente ese ser me miró a la cara berreó con fuerza, tiró con enfado objetos a su alrededor, y brincó a un hoyo entre la cama y el clóset. De la impresión, o por un chingado embrujo no pude sino sollozar.

Luego de unos segundos, de mi boca salió una mezcla de llanto y gritos. Mis padres entraron a la habitación. David venía con ellos. No se explicaban lo que pasaba. Yo tampoco pude explicarles que esa cosa que había acosado por años a mi hermano, se me había aparecido, y que en ese momento quería quemar la casa a la fregada. Juro que David me miró con una sonrisa apretada, que mostraba compasión y reproche.

Cuando el miedo entra al corazón, la razón sale por el calzón, el mío dio prueba de ello esa noche. Luego de un rato, mi madre me ayudó a limpiarme. Una vez calmado, pude explicar lo que pasó. Puta, puta mierda. Mi papá me miró asombrado, mi madre lloró y nos abrazó tanto a mí como a mi hermano.

Al día siguiente de esa maldita noche, aún me parecía oír ruidos en la habitación. Incluso todo el día escuché los mismos golpes que durante tanto tiempo perturbaron nuestras noches. Mi turbación fue tanta que, aunque lo quería, no pude salir disparado del pueblo. Los nervios no me permitían ni atinar con la llave en la hendidura de la puerta de la camioneta.

Ese día y esa noche, David y yo nos quedamos juntos en la sala, igual que hacía décadas alguna vez de chicos. Con la luz de una lámpara intercalamos miradas entre nosotros y el pasillo. No dijimos nada, y no sé quién se durmió primero, pero mientras permanecimos alerta, con la mirada encontramos la reconciliación como hermanos.

Hay una comunidad maya a unas cuantas horas de donde vivimos, algunos de sus chicos acuden a la secundaria local. Algunos de los mayas contemporáneos aún creen que los aluxes son convocados en cuanto una persona les construye una propiedad en la milpa o en un árbol, y que ayudan a la buena cosecha. Dicen que deben alimentarlo con ofrendas al menos siete años, luego de los cuales deben sellar la casita para dejar al alux dentro, antes de que se vuelva agresivo y pueda lastimar a quienes lo han invitado.

Mi padre viajó a ese pueblo a pedir consejo. Al volver, nos dijo lo que le habían dicho. Tan pronto lo escuchamos, sin pensarlo, David se dirigió al cuarto de los tiliches. Yo oí como revolvía todo, tomó un gran mazo del montón de herramientas que estaban entre las cosas viejas. Se dispuso a destrozar la pared que dividía su cuarto y la sala. Parecía disfrutar. Maldecía con gusto mientras destruía el muro centímetro a centímetro.

Como parte de las recomendaciones, mi hermano no podía volver a dormir en el que fue su cuarto. Así que planeamos convertirlo en bodega. En eso fantaseábamos con tirar todo lo que ya no servía y ampliar la sala para que fuera algo más decente que un espacio para un sillón con una televisión enfrente. Dijo algo sobre comprar una sala nueva… Con las dos manos sujetando el mazo, David encarnó el dicho de *al mal tiempo darle prisa*.

En el calor de ese mismo impulso, motivé a mis padres a sacar cuánta basura pudiéramos del cuarto de los tiliches hasta el patio. Estábamos poseídos por un deseo inminente de terminar con años de noches sin descanso. Ahí se quedó amontonado todo en una gran pila de escombros, miedo y esperanza.

En mi familia seguimos siendo escépticos al respecto. Pero al día siguiente, mis padres trajeron al padrecito a bendecir la que fue la habitación de mi hermano. Ah… y de paso la casa entera. Y nos dimos una buena barrida con pirul y un huevo, por sugerencia de los habitantes del pueblo. Y por si

acaso, yo le compré al brujo local una casita, de esas que lla-
man *kahtal alux*, y un buen pegamento para sellarla.

Y chinga a tu madre, alux.

Gadamor

Mónica Blumen

Cd. Juárez, Chihuahua (1988). Licenciada en Realización Cinematográfica. Actualmente cursa la Licenciatura en Filosofía en la UACH (2022-2026). Trabajó como productora en línea para el largometraje documental "Dibujos contra las balas" (Dir. Alicia Calderón, 2019) y para la serie documental "Retratos" (2013) de Canal Once. Directora y montajista, realizó "Paredes de Caucho" (2014), cortometraje de ficción ganador en Ecofilm Festival, y "13,500 Volts" (2016), cortometraje documental ganador en el FIC Monterrey en 2016 y nominado al Premio Ariel en 2017; obtuvo doce selecciones internacionales.

En la literatura, Mónica resultó ganadora en el Premio de Publicaciones Voces al Sol 2022, en la categoría de poesía, donde participó de manera colectiva en la antología poética "Poemas pe(r)didos".
Ha sido becaria del FONCA en 2014-15 y coordinadora de la Red Nacional de Polos Audiovisuales en el Estado de Chihuahua durante tres ediciones (2018 al 2020). En 2019 produjo el festival de cine documental Docs MX con sede en Cd. Juárez, en colaboración con Inti Cordera.

Actualmente, trabaja en un poemario y un cuento, y en la última etapa de su ópera prima documental.

Gadamor es una diosa mitológica
cuya misión es proteger el hogar.
Simboliza la alegría de vivir el momento,
y es considerada la deidad de la armonía y la felicidad.
Se representa bajo la forma de una gata doméstica
que siempre lleva un sistro
(un instrumento musical que no es visible a los ojos de nadie)
que induce a los humanos a vivir con bondad,
cuando escuchan la suavidad de su música.
Es la personificación de los cálidos rayos del sol
y ejerce sus poderes mirando fijamente a su objetivo
desde una larga distancia,
donde —como humano— jamás lo notarás.

EN UN PEQUEÑO HOGAR, VIVÍA MERCEDES con sus padres: María y José. Ya entrados en edad, varias veces por semana, ante alguna labor doméstica pesada, se quejaban de estar cansados. José, era delgado y recién descubría en sus manos y su cara, unas pequeñas manchas de la edad. Sus ojos expresivos poseían una sonrisa invertida. Pasaba mucho tiempo meditando en su lugar favorito de la sala, el sillón izquierdo de la pieza grande. En ocasiones, permanecía ahí con la televisión apagada, en silencio. Se había jubilado hacía años y con desesperación, ante su aburrimiento, le preguntaba a María, con cierta molestia, qué cosa podría hacer para no pensar tanto durante el atardecer, pues ya sentía que le pesaba mucho la cabeza.

María había sido educadora durante veinte años. Tras algunos problemas con su espalda y un agotamiento excesivo por trabajar con niños de tres años de edad, estando ella en sus 57, decidió prejubilarse. María era muy creativa, sus manos hacían maravillas con muy poco y, también, le gustaba mucho la cocina, tanto que, al preparar platillos, el olor inundaba la calle a unas dos o tres casas a la redonda de la suya. Ella, a diferencia de José, pasaba las tardes creando joyería de filigrana, únicamente con piedras preciosas y alambres. María tenía un carácter peculiar.

A pesar del mal genio de su esposo, ella, con sus ojos y semblante cansados, y con su cabello recogido en alto, sonreía sin dejar que un mal gesto le mortificara la vida. Su desenfado repelía tristezas y enojos, y en el caso de José, siempre le daba por su lado para evitar disgustos. Ellos ya no dormían juntos desde hacía muchos años atrás. José sufría insomnio y no podía conciliar el sueño con los ronquidos de María, y ella, se moría de frío porque él era extremadamente caluroso y siempre tenía el ventilador encendido.

Mercedes era solitaria y quería ser intelectual. Tenía adicción por los libros y disfrutaba su soledad trabajando en la computadora. Era estudiante de letras, y leía la mayor parte del día. Era muy seria y veía pocas veces al día a sus padres, aun viviendo en la misma casa. Había convertido su cuarto en una especie de estudio, y era demasiado ordenada, meticulosa. No le gustaba que nadie entrara ahí.

Sus vidas transcurrían así: cada uno en su habitación. La casa era oscura y fría, solitaria. María siempre buscaba la forma de que José le ayudara con cualquier cosa para que se distrajera, y así, aminorarle su soledad, pero él se molestaba y le reclamaba, por ejemplo, que los hombres no cabían en la cocina; a duras penas barría y acomodaba algunas cosas que sobresalían del orden de la casa. Lo cierto es que José era cada vez más renegado.

En una ocasión, María lo invitó a caminar para despejarse. Le insistió, hasta que José, sacó un deportivo que tenía arrumbado en el clóset. Dieron vueltas a la manzana varias veces. Los primeros tres días, José iba más a fuerza que con ganas; caminaba rápido y con el ceño fruncido, dejando atrás a María hasta el punto de llevarle una vuelta de ventaja en el camino.

Uno de esos días, el sol arrojó unos rayos distintos, con destellos afilados que no quemaban sobre la piel, y una brisa refrescante. José, ya se había adelantado lo suficiente. María caminaba con cuidado y paciencia para no lastimarse la espalda. Había perdido de vista a José, y mientras avanzaba, poco a poco percibió un olor a flores; una especie de aroma fresco y frutos dulces.

Mientras se aproximaba a José, vio a lo lejos cómo él cargaba, con sus dos brazos en alto, a una hermosa gatita blanca. Hacía mucho que María no le veía semejante sonrisa, que hasta ella se contagió de felicidad. Observaron que no era una gata común. Sus ojos parecían dos flores de un azul turquesa intenso, y su pelaje era tan fino que se sentía como una especie de nube nacarada y esponjosa.

—¡Mira qué bonita está! —le decía José efusivo a María, mientras la acariciaban con delicadeza—. Estaba ahí en el árbol, y cuando pasé por aquí me clavó la mirada y no sé cómo, pero la agarré.

La gatita emitía un ronroneo mientras les lanzaba miradas inocentes, y diminutos destellos le brotaban del cuerpo.

La sonrisa no les cabía en la cara; la llevaron con ellos a casa. Le llamaron a Mercedes para que fuera a conocerla y quedó encantada. La gatita le acariciaba las piernas con su propio cuerpo melenudo y le maullaba con ternura. Le fijaba la mirada y levantaba sus patitas para que la cargara. Los tres juntos, ahí en la sala, la observaban maravillados.

María sintió mucho antojo de hacer uno de sus platillos especiales: un pozole verde. Hizo la lista de los ingredientes que faltaban y tomó dinero para ir a comprarlos. José acarició a la gatita en la cabeza y le dijo que se portara bien porque irían a la tienda para comprar comida y, de paso, croquetas para ella.

A María le pareció rara su compañía, pero prefirió no decir nada.

Cuando regresaron, Mercedes jugaba con la gatita. Abrió las ventanas y aprovechó para limpiar los muebles con polvo. A la par que preparaban todo para el pozole, ninguno le quitaba la mirada al radiante animal. En sus rostros se dibujaban sonrisas involuntarias a cada instante.

Durante la comida, José la bautizó:

—Gadamor, así se va a llamar.

Un brillo resplandeció en los ojos de la felina, mientras se le esponjaban los pelos.

Día con día, la familia adornaba la casa con plantas y flores. Desde temprano, los tres se levantaban y abrían las ventanas para que la luz del sol entrara. El hogar era cálido y acogedor. Se disfrutaba estar ahí.

José ayudaba a preparar la comida, e incluso preguntaba qué hacía falta para ir a la tienda. Mercedes, conversaba con sus padres sobre los libros que leía para sus clases. En ocasiones, veían películas juntos por la tarde, en compañía de Gadamor, que con su ternura les hacía la vida ligera.

Gadamor se escondía en sitios estratégicos, de modo tal que podía ver a «sus» humanos y fijaba su mirada en ellos mientras tocaba el sistro, un instrumento mágico e invisible que emitía sonidos armoniosos, y provocaban en quien los escuchara, sentimientos de amor y fraternidad. Cada vez que Gadamor cumplía su cometido, regresaba y se asentaba con ellos para disfrutar de la convivencia.

Pasaron varios meses y Gadamor sabía que debía ir a su nueva misión: buscar otro hogar qué mejorar. Planeaba fingir escapar para no sentir la nostalgia que le acompañaba cuando dejaba cada casa que había resarcido. Así que, esperó el momento perfecto en el que abrieron la puerta y salió disparada a toda velocidad. En el instante que estaba por cruzar la calle, alcanzó a escuchar que José gritaba con tremenda angustia porque Gadamor se había salido de la casa. Ella de inmediato volteó hacia él, y cuando menos pensó, la defensa de un auto la alcanzó a golpear.

Gadamor cayó muerta.

José corrió a levantarla.

—¡María!, ¡María!, ¡la atropellaron!

José la cargó en sus brazos y lloraba con profundo sentimiento. Un hilo de sangre empezó a correr por su hocico. María, Mercedes y José lloraron toda la noche. La acomodaron sobre la mesa del porche y le acariciaron el cuerpo y su pelaje con lágrimas de absurdo dolor.

—¿Cómo fue posible? ¿En qué momento pasó? —decía María con la voz grave de tanta tristeza—. Tan hermosa mi niña, no merecía morir así. Era tan buena y solo nos daba amor incondicional. ¡No es justo! —recalcó.

Los tres se limpiaron las lágrimas hasta quedar desiertos. En el jardín, junto a un rosal, José hizo una zanja y la cubrieron con arena y cal.

El siguiente día, era de esperarse: la casa estuvo desolada. José movía la pierna repetidamente mientras permanecía en su sillón de siempre, con la televisión apagada. María, con pesadez, hacía de comer. Mercedes intentaba leer un libro, pero el sueño le ganaba.

Los tres comieron silenciosos. José permaneció pensativo y miraba hacia la ventana, al montón de tierra donde yacía Gadamor. Comió poco y volvió al sillón a ver la pantalla negra de la televisión. María y Mercedes, sabían que esa pérdida le había rasgado el alma.

Dos días más transcurrieron así. José veía pasar el atardecer y el anochecer desde el sillón. María trataba de distraerlo con cosas triviales, pero José no tenía la disposición de abandonar su tristeza.

—Vas a hacer un hoyo en ese sillón, ahí nomás pensando cosas —dijo María con pena, mientras José seguía con sus ojos en la ventana.

A la mañana siguiente, José salió muy temprano, sin avisar. María se apresuró hasta el barandal para alcanzarlo cuando escuchó el motor del auto, pero ya había agarrado camino. Ella y Mercedes desayunaban cuando José entró con una fotografía grande de Gadamor. La recargó con cuidado en la pared, luego metió unas bolsas de comida que había comprado, y se sentó a desayunar con ellas.

Por la tarde, José colgó la fotografía en un espacio que quedaba en las paredes de la sala. Sus ojos se enrojecieron, y se juntaron unas cuantas lágrimas que no tuvieron fuerza para caer.

—Vamos a hacer hamburguesas aquí afuera, traje todo lo que faltaba —les dijo en voz alta a María y a Mercedes.

Los tres comieron y pasaron la tarde juntos.

Quinametzin, Quinametzin, Quinametzin

Karina Orozco

Guadalajara, Jalisco (978). Escribe desde los ocho años, así se comunica con el mundo. Intensa, impetuosa, arriesgada y sin control. Inició su formación literaria en la SOGEM. Ha participado en diversos talleres literarios con diversas escritoras nacionales e internacionales. Forma parte de las antologías "Medusas" (2022) y "Mujeres Perversas" (2022). Ha incursionado en la escritura de novela, cuento, ensayo y poesía. Publicó los cuentos: *El señor del fuego*, en Alas de Cuervo, *Tras la ventana*, en Semillas de Sauce y *Cinco Minutos*, en El Universal. Actualmente, trabaja en su primera novela.

Quinametzin, Quinametzin, Quinametzin 

«Tetikayotl amo uala tlen ipan se itlakayo
uala tle ipan tochikanejneuil.
*La fuerza no proviene de la capacidad física,
sino de la voluntad indomable».*

REPÍTELO TRES VECES Y LA MAGIA SUCEDERÁ. Eso decía mi abuela al cerrar el libro. Me daba un beso y salía de mi habitación con una sonrisa de satisfacción en el rostro.

Tercer estante de abajo hacia arriba, lado derecho del librero que ella me dejó. Ahí, junto al helecho empolvado que colgaba del muro como si fuera real, estaba mi historia predilecta. Recuerdo la pasta dura en color rojo con letras doradas: *La magia de la Leyenda Mexicana.* El libro era tan pesado, que, a escondidas, solía llevarlo en mis dos manos hasta mi habitación. Lo metía debajo de mi almohada y esperaba a que mi hermana pequeña se durmiera para abrir sus páginas gruesas y amarillentas. Cuando finalmente llegaba la hora oscura, y los grillos cantaban desde las sombras, el aroma a viejo se desprendía de sus ruidosas hojas. Inhalaba y suspiraba como si algo maravilloso estuviera por suceder. Bajo el cobijo de mi edredón, doblaba las piernas de tal manera, que me convertía en un nudo humano, todo un ritual a fin de encontrar la magia de la que mi abuela, tanto, hablaba.

Ella siempre repetía: Si crees en esas criaturas, vendrán a ti. No tenía idea de lo poderosas que eran sus palabras, pero al final, antes de que ella dejara este plano, lo constatamos juntas. Ese secreto se lo llevó a la tumba y, seguramente, yo también me lo llevaré a la mía.

Todo ocurrió un doce de agosto, faltaban veinte minutos para las diez de la noche. Llovía. El cielo parpadeaba histérico. Relampagueaba como si deseara iluminarnos robando las facultades únicas del sol. Los sonidos aberrantes, cargados de amenaza, golpeaban el poblado, incitando aullar al coyote bajo el vórtice de la luna.

—Algo se aproxima. ¿Puedes sentirlo? —preguntó mi abuela con sus ojos grises muy abiertos. Expectantes y al mismo tiempo cándidos y emocionados.

A mí me gustaba oírla hablar sobre las leyendas de ese libro y de cómo ese Goliat, llamado Quinametzin, había perdido a su único amor. Esa noche, mi abuela dejó su taza con chocolate caliente sobre la mesita junto a mi cama y, a diferencia de otras veces, se puso en pie. Con cada palabra que salía de su boca, yo me arropaba aún más. Los sentía cerca, como si esas bestias respiraran en mi nuca. Vi a cada criatura mientras las describía. Solo necesitaba cerrar los ojos y ahí estaban ellos, con sus magníficos colores brillantes. Otros eran luminiscentes. Tenían formas extrañas y grotescas; manos en sus colas, ojos en los pechos; en fin, mil aberraciones que confundían mi mente de tan solo diez años.

Cuando mi abuela pronunciaba: *sus afilados dientes y sus garras depredadoras,* yo me cubría el rostro. Estaba tan asustada con los ruidos que hizo para enfatizar sobre el salvajismo de esos monstruos, que deseaba que parara y me contara algo bello y porque no, quizá idílico, pero mi abuela no era como cualquier abuela que cuidaba de sus nietas, las que recién habían perdido a sus padres en un accidente. No, ella a veces era cruel. Y no hablo del sentido de la crueldad como tal, me refiero a que era ruda, hosca y, en ocasiones, demasiado realista al dibujarme un mundo horrible lleno de bestialidad humana.

Justo en este momento me pregunto: ¿Quién es el monstruo?

Ella solía justificarse diciendo que nos preparaba para el futuro. Pero qué extraña contradicción. Una realidad adversa contra la quimera de una leyenda. Cuando finalmente llegó a la página treinta y seis, donde el Quinametzin apareció. Descubrí mi rostro y sonreí emocionada. Mi abuela interpretó a la perfección sus lentos y torpes movimientos. Claro, como ella se los imaginaba. ¿De qué otra manera caminaría un gigante en una tierra de pequeños?

Sonreí al verla. De pronto, el sonido del búho afuera la hizo callar.

—¿Oyes eso? —preguntó señalándome la ventana.

Asentí con la cabeza mientras la escondía entre los hombros.

—¿Sabes lo que dicen del canto del Tunkuluchú?

Negué con lentitud mientras mi boca permanecía semiabierta.

—Es una leyenda maya. Dicen que cuando el ave sabia canta, anuncia la muerte y es quien acompaña al hombre hasta las puertas de Xibalbá, la morada de los muertos. Pero no me hagas caso, nosotras no somos mayas.

Rio y se aproximó a mi cama donde se sentó a mis pies. Leyó mientras su mano fría acariciaba mi tobillo por encima de mi pálido lunar que tenía el tamaño de una moneda de peso. Sus labios fruncidos pronunciaron la frase con la que la historia comenzó:

—*Cuenta la leyenda, que, Quetzalli, princesa azteca, y prometida de Xel-ha, (donde nacen las aguas), subía a la colina sagrada todas las noches para visitar el frondoso ahuehuete. Desde ahí, podía ver a Coyolxauhqui, la Diosa Luna que conocía su romance secreto con Canek, el joven gigante del que se había enamorado un año atrás, mientras huía despavorida por los senderos que la llevaron hasta su cueva. La diosa, en su afán de protegerla, fulguraba pequeños destellos de luz cálida sobre el bello y afilado rostro de la princesa, trayéndole de esta manera algún consuelo.*

»No llores, mi princesa triste, se escuchó detrás de ella cuando las ramas crujieron.

»Con la yema de un dedo, el gigante acariciaba el negro y reluciente cabello de Quetzalli, quién no paraba de llorar al saberse la futura esposa del malvado Xel-ha: Ejecutador de niños. Así lo llamaban después de verlo matar a toda una familia por no rendirle tributo. Cortó sus manos y sus cabezas.

»Canek. Mi amado gigante, la princesa susurró. Las nupcias se acercan. No quiero hacerlo. Llévame lejos. Llévame

contigo. Llévame a tu mundo. Seré tu esclava por toda la eternidad. Viviré en esa cueva por el resto de mi vida, pero no permites que ese hombre me despose, ella cayó de rodillas y se puso a llorar cubriendo su rostro con las manos.

»Él la levantó en la palma de su mano y la atrajo a su mejilla. Quetzalli apenas alcanzó a besar la comisura de su boca.

»Mi princesa triste, Canek susurró con la voz tan baja, que solo ella podía escucharlo. ¿Cómo ofrecerte tan despreciable castigo? Me pides que haga algo que solo lastimaría tu preciosa alma. Esa cueva alberga los terrores de tu mundo, jamás me atrevería a llevarte ahí de nuevo. Antes preferiría verte en los brazos de él.

»Entonces caminaré ciega y manca por el Mictlán. Sacaré mis ojos para no verlo. Cortaré mis manos para no tocarlo, y segaré mi vida para nunca dejar de amarte.

»Él negó. Besó la coronilla de su cabeza y la hizo descender a suelo firme, donde la hierba crecía alrededor del ahuehuete.

»Cuando él desapareció tras el trueno de una tormenta, ella regresó a la aldea. Faltaban tres días para el solsticio, fecha acordada para tomar el voto sagrado.

»El día llegó. Canek, ebrio de celos, apareció bajo la tormenta justo antes del mediodía. Iba por ella, escaparía de su mundo y del de ella. Había escogido un lugar en las alturas, tras las nubes esponjosas que se formaban en el monte. En ese lugar, donde los campos se visten de verde, pediría a la luna ser humano a cambio de su inmortalidad. Viviría el resto de sus días con la mujer amada.

»La aldea estaba vacía.

»Embravecido y cargado de ira, recorrió los vastos bosques en busca de su princesa triste, cuando finalmente vislumbró en la lejanía el tumulto de personas, se acercó sigiloso, casi imperceptible. Ahí estaba ella. Yacía en una sábana de flores blancas que enmarcaban su golpeado cuerpo. Las marcas moradas entornaban sus ojos hundidos. Y sus labios resecos y delgados se ceñían con dolor. Destrozado por lo que sus ojos veían, y con el alma desollada, si es que aún le quedaba una, desapareció convertido en un nubarrón oscuro, plagado de furia y de tormento, no sin antes, destruir a todos y cada uno de los moradores que no hicieron nada por ayudarla. Desde su punto de vista, ellos mismos la habían condenado a ese destino, pero fue la mano de su prometido, quien le arrebató la vida hundiendo ese puñal de hueso amarfilado hasta el fondo de su corazón.

»El gigante vagó por décadas, trayendo en cada aniversario de la muerte de la princesa, un caos provisto de pesar y desconsuelo. Todo aquello que se atravesara en su camino, era destruido o aplastado. Un buen día, desapareció y jamás se volvió a saber de él, el gigante enamorado que perdió a la amante triste.

Mi abuela cerró el libro.

—Pero… quiero saber qué pasó con él. Dime abuela, ¿tú qué crees que le haya pasado?

Ella sonrió y alzó su ceja de tal manera, que se mezcló con un mechón de su cabello cano que caía sobre su frente surcada por las arrugas.

—Una vez oí a un maestro, decir que, la Diosa luna se lo llevó en espera de que la princesa volviera a nacer. Ella traería la marca de la luna en uno de sus pies. Entonces, él vendría por ella, y se la llevará en medio de la tormenta. Nunca más la perdería de vista —dijo al tiempo que encajaba sus dedos en mi panza a fin de hacerme cosquillas.

Retorciéndome como una recién nacida expuesta al frío, grité:

—No, abuela. Me voy a orinar.

Mis carcajadas brotaban descolocadas. El búho volvió a cantar. El trueno golpeó y el cielo centelleó de una manera apabullante. Mi abuela se detuvo. Me miró y me abrazó en gesto protector. Miraba por la ventana como si esperara algo.

—Abuela, me ahogas —me quejé.

—Calla Quetzalli. Ven. —Tomó mi mano y me obligó a bajar descalza de la cama—. Escóndete debajo y no salgas hasta que yo te lo diga o la tormenta haya terminado. ¿Me has entendido?

Asentí asustada.

—Pase lo que pase, escuches lo que escuches, no salgas. Aún no es tu momento.

—¿De qué hablas, abuela?

—He dicho que te calles, Quetzalli.

Mi abuela se levantó y por debajo podía ver sus pies moverse de un lado a otro. Su falda hacía ruido al moverse. Recorría inquieta la habitación. Cuando estaba por asomarme, la habitación se iluminó de una luz verde fluorescente. Cientos de burbujas de colores, rebotaban por todas partes. Mientras las veía desaparecer una a una, la sombra de una enorme mano se coló por la ventana. Tapé mi boca obligándome a callar. Mi corazón golpeaba en mi pecho y mi respiración se contuvo. Oí una voz. Era una voz gruesa de hombre.

No entendí lo que decía, resonaba distorsionada.

Mi abuela golpeó el suelo con una pierna. Solo veía su falda agitarse como cuando estaba enojada y manoteaba en el aire:

—Aún no, es pequeña. —La escuché decir.

Oí un gruñido. Mi lámpara de noche se estrelló en el piso. Escuché el grito ahogado de mi abuela y entonces, cayó al suelo, justo frente a mí. Me miró. Llevó su mano al pecho. Apretaba. Frunció el entrecejo, luego, susurró casi para ella:

—Canek.

Sus ojos se habían inmortalizado frente a mi enloquecida mirada. El gris de sus pupilas se oscurecía sin movimiento y sus manos, que antes estaban cargadas de energía pese a sus dolores y huesos chuecos, se quedaron inertes, vacías, carentes de color y vida.

Cuando los sonidos se dejaron de escuchar y la habitación quedó en penumbras. Asomé la cabeza. Temerosa de que algo me sostuviera del cabello, saqué la mano, la cual arrastré por encima de las baldosas percudidas hasta llegar al cuerpo de mi abuela.

—¿Abu? ¿Abuela? —dije moviéndola con precaución—. ¡Abuelita! —repetí desesperada. Salí de mi escondite y me acerqué a su pecho. Ya no respiraba.

¿Canek había matado a mi abuela?

En mi desesperación por saber lo que había ocurrido, repetí tres veces su nombre.

—¡Canek, Canek, Canek!

Nada sucedió esa noche, ni la siguiente, ni la tercera. Nada sucedió por mucho tiempo. La cruz roja declaró la muerte de mi abuela ese doce de agosto: *Hora de la muerte; diez con diez de la noche. Motivo del deceso, infarto fulminante.*

Un policía nos recogió a mi hermana y a mí, lo único que alcancé a tomar, fue el libro de leyendas. Ah, y un chal que mi abuela tejió y con el que me cubrió esa noche debajo de la cama. Alguna vez dijo que era mágico porque su hilo provenía de la cueva de Canek, de una enredadera que había crecido regada con la sangre de las víctimas de los gigantes.

Qué imaginación de mi abuela, pero por si las dudas, corté un pedazo y lo coloqué en este medallón de oro que jamás me quito. De alguna manera me siento a salvo. Unos tienen cruces, otros, estampitas de santos y yo, la tela de mi abuela.

Han pasado diez años desde entonces y, por primera vez, lo sueño.

Caminaba por un sendero frío, rodeado de árboles, cuando de pronto, un búho de plumaje blanco voló hacia mí.

Me detuve.

—Quetzalli, has vuelto —dijo agitando con letargo sus alas extendidas. Sus ojos rojos me miraban con destellos de amistad.

—¿Lo conozco? —pregunté acercándome a él.

El ave asintió y de pronto ya no era un ave, era un hombre de nariz aguileña y piel apiñonada como la canela. Su cabello oscuro caía sobre sus anchos hombros mientras sus pectorales se expandían con cada respiración.

—¿Quién eres? —dije dando un paso atrás.

Él avanzó hacia mí con su mano estirada.

—Me conoces. Me has conocido siempre. Te he buscado por largo tiempo mi princesa triste.

Desperté.

—¡Canek! —grité aún con la oscuridad de la noche.

Me encontré rascando mi redondo lunar en el tobillo. Se había puesto rojo. Poco a poco mi agitado pecho volvió a la normalidad. Sonreí. Me levanté y preparé café. Me sentía diferente: ligera.

Después de tomar un baño, me miré al espejo, acaricié mi medallón y sonreí. Y por primera vez en mi vida, supe lo que tenía que hacer.

Fui a la tienda donde trabajo como cajera. Saqué mis ahorros y los puse en una cuenta para mi hermana, quien ha crecido alejada de mí desde que la abuela murió y tuvimos que vivir en lugares separados.

Ya anochece.

También le escribí una carta a mi hermana. Cuando la lea lo entenderá. La he colocado dentro del libro de la abuela, justo en la página treinta y seis, y he puesto el chal de la abuela debidamente doblado a un lado, junto con mi medallón.

Faltan veinte para las diez y el búho canta por tercera vez.

Sonrío y acaricio el libro con especial cariño.

Respiro hondo y apago todas las luces.

—Canek, Canek, Canek —repito mirando hacia la ventana, donde la luna fulgura rayos celestes.

El trueno golpea, una, dos y tres veces. La tierra se cimbra. Sonrío de nuevo.

La habitación destella luz verde. Una sombra se cierne sobre mí.

—Mi adorado, Canek. Me has encontrado.

La temperatura desciende.

—Mi princesa triste —lo escucho decir detrás de mí—. Te he esperado largo tiempo —sus brazos, ahora humanos, me rodean. La luna parpadea como si se tratara de un foco gigante.

Me vuelvo hacia él.

Sus manos se posan sobre mi rostro, las cuales acaricio con soltura. Me pertenecen. Me pertenecen ahora.

El trueno vuelve a golpear.

El vaho de nuestros alientos llena de bruma todo alrededor.

Burbujas de colores destellan a lo largo de mi habitación.

La distancia entre los dos se acorta.

—Te he echado de menos —dice acercando sus labios a los míos.

Finalmente, llega el tan esperado beso que sella el pacto entre los amantes.

¿Conoces la historia del Alux?

Rc Adrii Torres

Caracas, Venezuela (1997). Estudiante de educación. Castellano y Literatura en IUJO. Diplomada en redacción y lectura. Participa en cursos de poesía, talleres de literatura dramática y romántica. Colaboró como autora en Libro Verano No. 16, la nueva generación de escritores. Escribe desde los doce años en un blog donde expresa sus ideales por medio de las letras; un refugio para ella.

¿Conoces la historia del Alux?   ◊

—Dale, Señor, el descanso eterno —dijo el cura.

—Brille para ella la luz perpetua —respondió la muchedumbre.

—Descanse en paz—habló de nuevo el cura.

—Amén —repetimos todos al tiempo.

¿Cómo mierdas habíamos llegado a esto?

Hace solo un par de días estábamos en una casa llena de duendes, o como ella decía "Alux", siendo felices; y ahora veía el féretro cerrado porque había quedado tan irreconocible que no podíamos abrirlo. Debí besarla más, tuve que haberle dicho todas las veces que la amaba. Pensé que tendríamos mucho tiempo juntas…

Me culpé durante los pocos minutos que quedaban antes de que el cajón descendiera los tres metros a su descanso eterno.

¿Por qué se había muerto ella? ¿Por qué no había pensado en mí? Ahora yo, con el corazón roto, muriendo de dolor; y ella, arriba, siendo libre, libre sin mí; y yo aquí, siendo infeliz.

—¿Conoces la historia del Alux? —preguntó acariciando mi mano mientras abría la puerta de aquella casa vieja.

—Quisiera deciros que sí, pero la verdad, no tengo ni puta idea de que habláis.

—Esa boca. —Ella se acercó a mí y me besó.

—Si fueseis más observadora, os daríais cuenta de que solo hablo así para que me beséis.

—Ay, estás tan mal, Medina. Ven. —Me tomó de la mano para entrar juntas a aquella casa veraniega que habitaríamos por la semana de nuestra luna de miel—. Esto es un Alux.

—¿Un duende? —pregunté con sorna.

—Más respeto con la historia, por favor —me reprendió—. Cuenta la leyenda de este lugar que el primer dueño de esta casa era un hombre solo, arraigado a costumbres pasadas, viudo y dedicado al trabajo.

—Un pobre diablo —dije sin pensar.

—Alex, por favor. No seas tan imprudente. Dicen que una mujer que lo amaba guardó nueve gotas de él, y las llevó a un chamán pidiendo un Alux para su amado. Cuando estuvo listo lo trajo aquí y construyó este altar para él.

El altar del cual Samantha hablaba era amplio, colorido. Hecho de cerámica y barro, cubría aproximadamente cinco metros de altura por cinco de ancho. Tenía muchas vasijas, pinturas de comida y una imagen amplia del duende. Me parecía una locura pasar la luna de miel en un lugar así.

—El Alux, como muestra de fidelidad a su dueño, podría hacer travesuras, aparecer sombras y cambiar las cosas de lugar.

—O sea un duende que hace travesuras —le dije graciosa—. Lo normal.

—No, Alex. El Alux es más que eso; es el guardián de la naturaleza del hogar donde estaba.

Sonreí al escuchar su explicación. Ella sonaba apasionada con la historia.

—Se cree que son más viejos que el sol.

Yo me distraía con facilidad y perdía el hilo de lo que ella hablaba.

—Hey, Alex… —Me llamó.

Por un momento mi cerebro se había desconectado de lo que ella decía.

—¿Ya estás aquí? —preguntó.

—Sí. —Me sonrojé. Estaba avergonzada por mi falta de concentración.

—Préstame atención. Me parece muy interesante esto. —Tomó mi mano. Entrelazamos los dedos—. Luego de que el Alux pasaba siete años con su amo, lo metían en una caja para evitar perder el control.

—Todo un demonio.

—Alex, sé prudente con lo que dices mi amor, es la historia de cada país. Recuerda que también respeto tus raíces y esa creencia tonta de no pedirle sal a los vecinos.

—Ala… No me salgas con eso. —Respiré profundo—. Y entonces, ¿qué pasaba con el duende? —dije, y ella me lanzó una mirada de molestia—. Alux, el Alux duende.

—Bien. Luego de que su amo moría, el Alux quedaba en el lugar para cuidarlo. Y si alguien profanaba el sitio, siempre pasaba una desgracia. —Ella tocó con cuidado al duende—. Me parece increíble que un ser tan pequeño le brindara tanta seguridad a un espacio tan grande.

Samantha me veía con esos ojos azules radiantes. Ella estaba disfrutando el lugar, aunque yo contaba los segundos para ir a un buen hotel a descansar.

—¡Enhorabuena por los duendes pasados! Ahora bien. ¿Dónde nos quedaremos?

—¿Cómo qué dónde? —preguntó confundida.

—Sí, ¿dónde pasaremos nuestra maravillosa luna de miel? —rectifiqué frotándome las manos con ansiedad.

—Aquí, claro está —respondió ella abriendo sus brazos.

—Es una broma, ¿cierto?

—No, Alex. Mira a tu alrededor. Siente esta vibra maravillosa que nos ofrece el lugar. ¿De verdad preferirías no estar aquí?

Di una vuelta parada en mi lugar. La casa era hermosa, colonial, tan de época. Era igual a todo lo que a ella le gustaba. Sonreí resignada con la vista en el duende frente a nosotras. Me gustaba complacerla, así que acepté su propuesta.

—Te juro que, si ese duende llega a hacer que algo se pierda, así sea un anillo, vos lo pagaréis.

Ella se echó a reír.

—¿Qué tanto puede costar un anillo tuyo? —Sonrió—. ¿Qué son dos mil quinientos setenta y ocho dólares para mí, ahora que estoy casada con una mujer tan importante?

Fui yo la que tuvo que reír.

—Usted me dice que se le pierde y yo le digo a mi esposa que le pagué, mi amor —añadió.

—No me refiero a esa clase de pagos. —Me acerqué a besarla—. Si no os amara tanto…

—No estarías tan asustada de estar aquí, española tonta. Sé que esta no es la clase de lugares a los cuales estás acostumbrada, pero te prometo que será inolvidable. Debes salir de esos sitios, respirar el aire puro, ensuciarte con la tierra.

Siente la vibra del barrio —dijo y tomó cuatro pequeñas rocas del suelo y las colocó en mi mano—. Disfruta su sensación, no todos podemos pagar un desayuno de cien dólares. Así que hay que darle gracias al Alux por haber protegido este lugar desde hace tantos años.

Sentí las rocas tal como ella me había dicho, no me acostumbraba a esa sensación, estaban húmedas y llenas de suciedad, enseguida un cosquilleo recorrió toda mi mano y acabó en mi nuca, nunca tocaba nada del suelo, solo pensar en los gérmenes me causaba urticaria; tenía tierra en las manos, y eso me desagradaba. Guardé las rocas en el bolsillo trasero de mi pantalón como un reflejo para evitar tocarlas. Sam abrió su mochila y sacó una vela, la puso frente a la imagen del duende, la encendió e hizo una especie de plegaria.

—Sonríe, Medina. No hay necesidad de ser tan metódica siempre. Vive que eso si es un lujo.

Samantha fue siempre tan vivaracha, alegre, les veía el positivismo a las circunstancias. Era bondadosa, el arte la apasionaba, la adrenalina la hacía vibrar, los viajes la motivaban a despertar cada día, representaba la libertad… Ella había llegado a mi vida para romper todos mis esquemas. Lo aceptaba, me aferraba a su plenitud.

En ese momento, el cielo rugió con gran ímpetu. Un trueno bestial se abrió paso en el silencio de la casa. Ella brincó directo a mis brazos. Su gesto me hizo reír a carcajadas.

—"Vamos a una isla paradisiaca, pasémosla rico teniendo sexo y bebiendo piña colada" ... Ah, no, porque es mejor ir al tercer mundo a morir de miedo.

—Deja de repetir eso. Ya estamos aquí. Ya está listo, aquí nos quedaremos —reprochó acomodándose en mis brazos.

—Por favor, eres tan cobarde. —Me burlé de ella.

Ella deslizó sus brazos por mi cuello y se aferró a mí.

—Ahora sí, haz esa escena de recién casados que tanto te gusta, y llévame a la casa cargada mientras me besas.

—Ay, Samantha, estás tan mal.

La llevé al interior de la casa en mis brazos. La solté en la sala.

El lugar era amplio, parecía una cueva de cavernícolas muy bien amueblada, pero yo no estaba acostumbrada a estos sitios. Me gustaba la ciudad, sentir las vibraciones del transporte público colapsando las calles; el ruido de los aviones volando sobre los edificios, las construcciones infinitas; el humo del cigarrillo colándose por la ventilación, el claxon de los taxistas abriéndose paso ante los trancones enormes. Aquí, apenas si se escuchaban algunos trinos de las aves.

La casa olía a humedad y a moho; supongo que se debía al tiempo que llevaba deshabitada. Sus paredes conservaban la pintura original intacta, aunque había una pared que tenía grietas muy pequeñas por las cuales pasaban delgados rayos de luz. Los focos eran lámparas hechas a base de *gasoil* y mecheros.

¿En qué época de la colonia estábamos? Era como volver en el tiempo.

Samantha, contrario a mí, se divertía. Apenas puso un pie en el suelo, se fue a ver la fuente que adornaba el medio de la casa, esa que dividía la sala de estar con el jardín principal. Este era su lugar; lo rural, ella alejada del despotismo citadino.

Dejó que el agua que emanaba mojara sus manos y acaricio su rostro para humedecerlo. Los sonidos que producía la fuente eran apacibles, acompañados de la brisa que colaba por las rendijas de la pared y jugaba con los cabellos sueltos de Samantha. Le tomé una fotografía mental, no quería que esa imagen se borrara nunca de mi mente.

—¿Qué te ocurre? —me preguntó al darse cuenta de que yo observaba con desagrado el lugar—. ¿No te gusta verdad? Ay, Alex, mi amor, lamento no poder costear nada mejor para ambas. Debí aceptar que fuéramos a beber piña colada y nadar en el caribe. Lo siento. Sé que mereces más, que éste no es tu mun…

Su carita se tornó triste. Me enterneció completamente. No esperé que terminara de hablar para lanzarme a sus labios y besarla. Ese era el lugar donde quería estar. Ahí: con ella.

Solo teníamos una semana libre, nuestro permiso de trabajo, y no la desperdiciaría pensando en qué lugar sería mejor para estar. Si a ella la hacía feliz estar ahí, a mí también me haría feliz. Tomé su rostro para darle seguridad atrayéndola hacia mi cuerpo.

—No hay ningún otro lugar, donde yo quiera estar, que no sea este.

—¿Segura? Podemos volver a nuestro hogar.

—Tú… —Acaricié sus mejillas—. Eres mi hogar, Samantha. Mi refugio, mi lugar seguro.

—Eres tan cursi, y eso —enredó sus brazos en mi cuello—, me encanta. —Le dio muchos besos a mi rostro. Fue inevitable no reír—. Qué rico es escuchar tu risa. Ven, vamos a terminar de conocer la casa.

Ella sujetó mi mano y me mostró la historia que escondía el lugar, como sus cimientos fueron volviéndose más fuertes al soportar penurias. Por un instante me sentí conmovida, hasta atraída por ese sitio, pero tenía ese nudo extraño en el estómago. Como si estar en ese sitio no fuera tan maravilloso. Pasamos esa tarde recorriendo los jardines de la casa. Le insistí a Sam para tomarle algunas fotos y crear recuerdos. Samantha era de las personas que no creían en eso, decía que las cosas tenían que ser más tangibles, propias de uno mismo. Prefería las vivencias en lugar de documentar los acontecimientos, pero, vaya que le gustaba la historia de la conquista y la colonia. Decía que era su época favorita, las mujeres con enormes vestidos, los hombres de traje andando a caballo.

Su risa se volvía eco al rebotar en las paredes, como una melodía que retumbaba por un corto periodo de tiempo hasta desvanecerse por completo. Ese era mi recuerdo tangible, hacerla reír y escucharla, escuchar esa música divina que emanaba de su garganta.

Nuestra primera noche de bodas fue especial para ambas: vino tinto en la habitación, comida chatarra en cantidades considerables, peleas por no saber prender la tonta chimenea llena de telarañas para apaciguar los terribles -8° en el termómetro.

Intentamos hacer el amor sin que nuestros cuerpos perdieran el poco calor que tenían. Terminamos en una estrepitosa guerra de almohadas que dejó una fina capa blanca de nubes en el lugar gracias a las plumas. Nunca podré olvidarla. El lado amable, dulce y romántico que Samantha había despertado en mí, era contraproducente al momento de tomar decisiones objetivas.

Ella solo ponía esa cara triste, y ahí caía yo, redondita a sus pies, como su esclava. La mañana siguiente, desperté antes que el sol saliera. Me gustaba disfrutar de esa felicidad al percibir los primeros rayos del sol. Preparé una taza de café, salí al jardín que conectaba con un pequeño riachuelo que desembocaba en un gran lago, kilómetros más adelante. Acepté ver como el crepúsculo florecía en el amplio cielo mañanero, tiñendo el horizonte de rojos, amarillos y naranjas. El anillo de matrimonio me hizo sonreír. Mientras mis pies descalzos acariciaban el pasto húmedo, aún por el rocío de la noche, disfruté ese instante. Qué dulce había sido la vida conmigo. Era tan feliz.

Samantha no demoró mucho en despertar, cosa que me sorprendió. Ella tenía el hábito de despertarse sobre las 9 am. Mi reloj marcaba las seis. Llegó hasta mí con su rostro apagado.

—¿Qué pasa? —le pregunté al notar que algo no andaba bien.

—Ven, siéntate. —Me tomó de las manos, nos sentamos juntas sobre un escalón de las escaleras que conectaba la casa con el jardín—. Pasa algo que no es del todo malo… para mí.

—Por favor, no más rodeos, que me llenan de pesadez y ansiedad.

—Sabes que mi trabajo es muy importante para mí.

La agarré de las mejillas.

—Lo sé, amor. Sé cuánto te has esforzado por llegar a ser piloto.

—Hoy me han llamado…

Mi cara se descompuso de tajo.

—No me digas más. —La solté de golpe y me levanté. Un nudo se me formó en la garganta—. Hazlo.

—Alex, pero, no me has escuchado…

—Samantha, sé que estamos en medio de nuestra luna de miel, pero yo no te voy a pedir que renuncies a tus sueños, a que cumplas tus metas. Quiero que me tomes como un apoyo para seguir creciendo…

—Pero, mi amor…

—Si me preguntas si quiero que te vayas, la respuesta es clara: no quiero. Me encantaría pasar el día abrazada a ti, mientras vemos televisión y tenemos sexo. Eso quiero. —Le dije todo junto, como si no pudiera respirar—. Pero, también quiero que triunfes. Y si te han llamado, sabiendo que no estabas en cobertura, debes hacerlo. —Finalicé con un zumbido de pesadez en el pecho.

—Solo debo llevar una nave de aquí a Houston, y de allí traer otra. Estaré aquí más tardar a las once de la noche, hoy. Y la buena noticia es que, si todo sale bien, podremos ir a donde desees, porque tendré un maravilloso mes libre. —Besó mis labios, mis mejillas y mi rostro entero—. Te amo, Alexandra Medina.

La abracé por la cintura. Descansé mi cabeza entre su cuello y su hombro.

—Te amo, Samantha. Infinito más uno, te amo.

—Infinito más uno —repitió ella—. Puedes salir a dar una vuelta en la moto que está en el garaje. Conoce un poco, y luego enséñame cuando regrese.

Me despegué de su tacto para poder observarla.

—Por favor, Sam. Ambas sabemos que ya sabes todo de aquí.

—Eso es correcto. Lo sé, pero tú no. Solo busca las llaves que están ocultas.

Besó mi nariz, volví a esconder mi rostro en el espacio de su cuello.

Duramos algunos segundos así. Yo no quería soltarla, me negaba a quedarme sola durante todo el día. La abracé muy fuerte, como si mi abrazo pudiera detenerla, pero no, no la detuvo. Cuarenta y cinco minutos después, llegó un auto de la aerolínea para buscarla. La abracé de nuevo antes de verla partir porque, aunque sabía que ella volvería, me dolía el corazón.

El auto se fue. Sequé con el dorso de mi mano la lágrima que se escurría por mi mejilla. Ella se despidió a medida que el auto se alejaba. Tres metros más adelante, se dio vuelta y desapareció. Regresé a la casa. Saludé al duende de la entrada que solo parecía existir ahí.

Entré directo a la cocina a preparar otra taza de café y subí a la habitación para dejarme descansar un poco. No supe qué hacer en todo el día, así que tomé un somnífero que me permitiera dormir todo el día. Dormí como si hibernara. Solo esperaba escuchar su silbido al llegar para lanzarme por las escaleras para verla, abrazarla, comerla a besos y nunca más soltarla. Desperté a las 12:34 am, ella no había llegado. Revise mi celular esperando ver siquiera un mensaje suyo. Solo tenía un correo de voz, luego lo escucharía. Restregué mis ojos, encendí el televisor que estaba en la habitación y ocupaba más de la mitad de la pared.

—*IMPACTANTE. MÉXICO SE VISTE DE LUTO.* — Escuché cuando el aparato estuvo encendido—. *Se presume que pudo ser culpa del equipo técnico esta terrible catástrofe.* — Volví a restregar mis ojos para estar más despierta y le subí todo el volumen a la TV—. *Hasta ahora solo sabemos que no hubo sobrevivientes. Los tripulantes como la capitana y el copiloto han fallecido, esta otra triste noticia que abate nuestro país.*

Tenía que ser una jodida coincidencia, pero, no podía ser cierto. Tomé mi teléfono y llamé a Samantha, se fue directo a buzón. En seguida, mi respiración se volvió más densa, mi corazón bombeó más sangre. Lo intenté de nuevo, pero no hubo respuesta.

Se me secó la boca y me sudaban las manos; busqué entre los contactos el número de la aerolínea para la cual trabajaba ella. Enseguida los llamé. Primero, me atendió el robot. Luego, pedí atención con un agente. Setenta y dos segundos después, alguien me atendió.

—¿El avión que explotó…? —No pude ni terminar la pregunta, se me quebró la voz.

—Señorita, no puedo brindarle información al respecto.

—Usted no entiende, la persona que pilotaba era mi esposa, Samantha Duque. La pi… lo… to. —Logré decir arrastrando las palabras—. Por fa…vor, se lo suplico.

El joven aclaró su garganta y escuché como tecleaba.

—Espero haber resuelto sus dudas, tenga buena noche. Colgó.

Revisé la pantalla del celular para volver a llamar. No podía quedarme con esa sensación de vidrios rotos en la garganta. La pantalla del móvil se encendió, brillaba un correo electrónico de alguien anónimo, enseguida lo abrí.

Vuelo 3881 AirLenProt, personas a bordo Samantha Duque, capitana...

Al leer el nombre de Samantha, todo se volvió borroso. Me sudaba la espalda. Mis lágrimas salieron disparadas como una presa desbordada desde mis ojos. Abrí la boca en un intento por emitir un sonido, pero solo obtuve un fuerte quejido que me estaba quemando el pecho.

Tal como si un hierro al rojo vivo pasara justo por debajo de mi seno izquierdo, el dolor atravesó mi corazón. Caí de rodillas al piso. Me abracé en posición fetal. Sujeté con fuerza mis piernas, aun con el teléfono en la mano.

"Samantha Duque - Capitana, fallecida..."

"Samantha Duque - Capitana, fallecida..."

Esas palabras cobraron vida taladrando mi cerebro en busca de una razón.

Lloré desconsolada en mi soledad, procurando que el dolor me matara. Que su ausencia me matara.

«Fallecida».

Intenté levantarme del suelo, pero no tenía fuerzas suficientes para avanzar. Como pude llegué a las escaleras y me dejé caer por ellas. Mientras rodaba, abracé aún más fuerte el celular como si de ella misma se tratase.

Volví a revisar la pantalla buscando leer algo diferente, pero todo estaba muy claro…

"No hubo sobrevivientes, la nave perdió el control y cayó en el golfo de México".

Caí de golpe al borde las escaleras.

—Maldito tercer mundo, maldita sea la hora en la que llegamos aquí —murmuré cuando mi cabeza golpeó el suelo.

Vi una sombra pasar desde la cocina a la sala. La ignoré porque creí que era el mareo del golpe. Estaba en un trance de dolor y penuria. De la nada, uno de los adornos que reposaba sobre una repisa se cayó. Me levanté. Por un instante creí que podría ser ella, pero la verdad es que estaba sola.

«El Alux podría hacer travesuras, aparecer sombras y cambiar las cosas de lugar como muestra de la fidelidad a su amo». Recordé sus palabras. Como pude, llegué al frente de la figura del duende en la entrada.

—¿Qué quieres? —pregunté mientras frotaba mi cara. Soné mi nariz con mi mano limpiándola en el pijama. Volví a levantar la mirada al duende. En una de sus manos reposaban las llaves de la moto—. Esto es una locura.

Había visto ese duende en la mañana y no tenía nada. Olí las llaves, no olían a ella ni a ningún aroma familiar. Respiré profundo.

¿Qué se suponía que haría ahora?

Revisé el móvil esperando que todo fuera una broma. Por el contrario, ahí brillaba la notificación del correo de voz. Decidí escucharla. Eran dos mensajes.

—Hola, mi amor hermoso. Ya voy de regreso a la CDMX. Todo ha salido a pedir de boca. Mi jefe me ha llamado, quieren darme un aumento. Al parecer, ésta era una prueba y casi la pasó de manera satisfactoria. Estoy tan emocionada. Debo irme, te amo.

Lloré al escuchar su voz y su alegría.

¿A qué hora había sido eso? ¿Por qué no la pude escuchar antes? ¿Por qué dejé que ella se fuera?

El segundo mensaje fue más doloroso que el primero.

—Amor… Atiende, por favor. Estamos cayendo. La nave está cayendo. Una de las turbinas ha dejado de responder, moriremos, perdón por no volver a casa. Te amo, te amo inmensamente.

Se escucharon otras voces:

—*Capitana, la torre de control no responde. Nadie nos contesta.* —Era la voz de un hombre.

—No te olvides de mí. Soy por siempre tuya, en la vida y en la muerte —dijo Sam.

—*Estamos cayendo, Capitana. Prepárese para el impacto* —añadió la voz del hombre. Ahí terminaba el mensaje.

Quizás sus últimas palabras, las había dedicado a mí. Lloré de nuevo al caer al piso. Caí en un sueño inducido a raíz de la deshidratación por tanto llorar.

Desperté porque alguien tocó a la puerta. Con un fuerte dolor de cabeza, que no me permitía abrir los ojos, me arrastré a los pocos metros hasta la entrada.

—¿Quién?

—Buscamos a la señora Medina.

—¿Para qué?

—¿Puede abrir la puerta? —preguntó un joven.

—No, váyase.

—Vengo de parte de la aerolínea AirLenProt.

—¿Qué quieren esos malditos? ¿Ya no han hecho suficiente?

—Le he venido a traer esto. —Metió un sobre por debajo de la puerta—. Y a decirle que lamentamos su pérdida.

—Vayan a que os den por el culo, dejadme en paz.

Tomé el sobre y lo abrí para saber que tenía. Era una carta donde explicaban que los restos de Samantha serían sepultados esa misma tarde en el cementerio nacional de la localidad.

¿Cómo es que ellos decidían donde sepultar a mi esposa? Era mi esposa, por lo menos eso me correspondía a mí y a nuestros recuerdos. El sobre también adjuntaba un permiso de Samantha donde autorizaba a la aerolínea a disponer de sus restos en caso de defunción. Asumí que no había tenido tiempo para cambiar su voluntad. El entierro sería a las 3:00 pm.

Como pude, me las arreglé para poder llegar. Me sentía un completo zombi de camino al cementerio. No tenía fuerzas. Ese día usé sus prendas favoritas, me abrigué con su chaqueta de piloto. Aunque moría de calor sin importar los 3° en los que estábamos. Apenas llegué al lugar, vi a la muchedumbre reunida. Lloré. Fue involuntario. Mis lágrimas salían solas como si tuvieran voluntad propia.

—Mi sentido pésame —dijo una mujer que se acercó a mí colocando su mano sobre mi hombro.

Así como ella, varias personas me dedicaron palabras vacías. Me acerqué al ataúd, quería verla una última vez. Solo habían pegado una fotografía de ella usando el traje de aviación. Mordí mi labio inferior para contener el temblor. Acaricié su fotografía, como si de ella misma se tratase. Besé el féretro y me alejé tapando mi boca que no paraba de gemir un lamento.

—Dale, Señor, el descanso eterno —dijo el cura rociando agua bendita.

—Brille para ella la luz perpetua —respondió la muchedumbre.

—Descanse en paz —habló de nuevo el cura volviendo a lanzar agua bendita–

—Amén —repetimos todos al tiempo.

Ella descendió a las profundidades, mientras yo intentaba mantenerme en pie. Esperé paciente a que todos se fueran, a que las personas que estaban ahí terminarán de soltar sus estúpidas condolencias que no arreglaban nada.

Cuando estuve sola, me senté al lado de la tumba, dejé que mi maletín reposara a un lado. Toqué la tierra húmeda que recién le habían arrojado, la frote en mis manos, jugué con ella, así como Sam me había pedido tantas veces. También saqué del bolsillo de la chaqueta las rocas que me había dado el día anterior, palpe un poco más su tierra, las olí con la esperanza que el aroma de ella aún estuviera en alguna de ellas, pero no. Deposité un beso en cada roca y las enterré con ella.

Con calma, me quité los zapatos y el gabán que me abrigaba. Coloqué una pequeña manta blanca sobre la tierra húmeda que cubría su tumba y luego me acosté en ella. Tomé del maletín un cuchillo de caza, el cual llevaba siempre encima como protección personal. Desabroché la chaqueta y la camisa que tenía dejando mi torso al descubierto. Apreté con ambas manos el cuchillo asegurándome de no soltarlo. Besé el mango y lo clavé tres veces en mi torso.

—Por mi culpa, por mi culpa, por mi gran cul… pa —dije entre jadeos antes de perder el conocimiento.

Si no la tenía en vida, me vería con ella en la muerte, porque, así como el duende ese seguía cuidando aquello que le había confiado su amo, yo la buscaría en mi próxima vida para cuidarla y nunca más dejarla ir.

Las tierras de los Flores

Judith Escandón Juárez

Torreón, Coahuila (1986). Licenciada en desarrollo comunitario. Maestrante en ciencias sociales para el desarrollo interdisciplinario. Estudió fotografía. Ha cursado diplomados y talleres para el fomento a la lectura y es cuentacuentos. Inició en la creación literaria con los talleres y laboratorios de CREARTNOS. Continua su preparación literaria en talleres en línea. Actualmente, es miembro del taller literario en Teatro Isauro Martínez a cargo del maestro Jaime Muñoz Vargas.

Ha publicado poesía en la revista colombiana Komuya de Grammata escritores, y artículos en la Gaceta universitaria de la UAdeC.

ESTOY EN EL POZO, aguardo paciente a que salgan los chaneques. Intenté de todo, hasta el toque de flauta y de tambores. Incluso he lanzado una que otra carcajada burlona, y nada. No me importa si caigo enfermo cuando los vea, eso con unos rezos se me quita; pero necesito hablar con ellos, pues aquí la cosa va de mal en peor.

El mes pasado se murió doña Cuquita, mi tía política, la última cuñada que le quedaba a mi padre. Y a los quince días, en pleno duelo, que se nos muere mi primo Chucho.

Ellos eran la familia de don Juan Flores, hermano menor de mi padre, quien tenía unos años de haber fallecido. Era propietario de unas tierras enormes en Teloloapan, unas con bastantes pozos de agua; uno de ellos ya tenía cien años de viejo. El último ha de contar, al menos, con sesenta años. Estos pozos han dado agua suficiente, no sólo para la familia de los Flores, sino que, en buenos tiempos, mi tío hasta llegó a regalarla a sus vecinos. Ahí para salgan adelante con sus vacas, les decía. A él no le afectaba; lo fuerte era el cultivo del maíz.

Pero aquí la cosa va de mal en peor. A mi papá, eso de la muerte de mis parientas le dio mucho coraje: todos los de mi casa tuvimos que trasladarnos a Teloloapan. Y pues eso no está tan cerca de aquí. Se hacen casi dos horas cuesta abajo si nos vamos montados en los caballos. Mi papá nos decía que ellos ya ni parientes nuestros eran. Que se habían hecho de mucho dinero y de unas tierras bastante fructíferas. Nosotros éramos muy pobres. Mi tío siempre le tuvo tirria a mi papá porque nunca quiso aprovechar la oportunidad que él le ofrecía; eso de irse a su pueblo y que fuera su mano derecha. Mi tío lo esperaba hasta con todo y su terrenito, para que fincara su casita y se fuera a vivir con todos nosotros. Pero a mi padre no le agradaba eso por miedo a los chaneques que existían por aquellos lugares. Entonces mi papá prefirió seguir sembrando acá en estos campos, que daban lo suficiente para vivir día con día, pero de ahí no pasaba a más, por eso éramos los pobres.

Mi padre siempre le decía a Sara, mi madre, que a él desde niño lo atemorizaban los chaneques. Cuando salió del pueblo, no pensaba regresar, y así había sido hasta semanas atrás, que ocurrieron las muertes de mis familiares.

Cuando mi padre era niño y caminaba por las orillas del bosque, se escondía entre las faldas de mi abuela o se ponía la ropa al revés para que estas criaturas no lo robaran. Existen dos clases de chaneques: los buenos, que comúnmente se aparecen en los pueblos, ahí donde habita la gente; y los malos, que se esconden entre las cuevas, en los ríos o en los cerros, es decir, en los lugares apartados. Y pues, aquí me tienen, sigo junto al pozo.

Después de dos largas horas cuesta abajo sin encontrar ni una sola alma que deambulara por estos caminos ni una gota de agua que bebieran los caballos, se escuchó ladrar un perro a lo lejos.

Mientras caminaba, creí que nada se podría encontrar al otro lado de mi pueblo, sólo caminos agrietados y secos anunciando que un día fueron ríos y arroyos.

El pueblito todavía está muy para allá, pero se puede escuchar a su gente y olfatear el olor de la leña en el cocedor; sus aromas lo acercan.

Los caballos se detuvieron un poco, han venido trotando desde las once de la mañana; ahora son como eso de las dos de la tarde. Creo que hemos hecho más tiempo del que decían que haríamos. Levantamos la cara al cielo para ver si se acerca alguna nube; venimos muy sedientos y no hay ni una gota de agua por estas tierras. Se mira en el cielo una nube grande y espesa, se ve un gran aguacero cayendo allá a lo lejos.

—Puede que vaya a llover aquí —dice Sara.

Miramos aquella nube pesada. Ya no platicamos nada, no traemos aliento alguno. Y pensamos, quizá sí.

Hemos vuelto a caminar los tres para dar un poco de descanso a los caballos. También están sedientos. Uno como quiera aguanta un poco más, pero los pobres hasta con nuestros pesos andaban cargando y sin una gota de agua para tomar. Se me ocurre, con todo lo que yo sé desde niño, que hemos caminado más de lo que se hacía de camino.

Vuelvo la vista a todos lados y miro una cabañita como a un kilómetro de nosotros. Luego, luego nos fuimos acercando a ella. Allí pedimos orientación.

—Del pueblo de Teloloapan nos da miedo hablar —nos dijeron sus dueños.

—¿Miedo? —preguntamos.

—Sí, Teloloapan está maldito. Todo el pueblo les tiene miedo a las tierras de don Juan Flores.

Estrechamos nuestras cejas. Mis padres y yo queríamos decirles que esas tierras no las queríamos nosotros, que veníamos por los difuntos. Pero mi padre no nos dejó decirles nada.

El don de la cabaña nos señaló el camino y dijo:

—No se vayan a asustar al llegar. A lo mucho, está a diez minutos de aquí virando a la derecha.

—Esperemos que no se espanten las criaturas —dijo mi papá.

—Sólo pónganles las ropas al revés y llegarán como si nada —aseguró el don.

Mi madre enseguida me puso las garras al revés y me enredó entre sus rebozos. Pero nada se escuchaba ni se veía. Nada más uno que otro zopilote rondando a algún animal muerto, pero lejos, no aquí.

Después de venir durante tres horas cuesta abajo pisando los agrietados caminos, donde alguna vez corrieron ríos fecundos, nos sentimos en familia al pisar las enormes hectáreas de tierra donde años atrás cosechaban cientos de toneladas de maíz, gracias a don Juan Flores, mi tío.

—¿Servirán de algo? Mínimo para sembrar la pastura de las vacas.

—¿Cuáles vacas? —preguntó mi papá enojado.

Conforme entramos al pueblo, se acercó enseguida el comisario, un tal Benito. Nos sentimos muy en confianza con él porque nos brindó atenciones al saber que éramos parientes de los difuntos; los Flores siempre fueron buenos amigos de la gente de aquí, hasta antes de morirse. Y tengo entendido que nadie entraba a sus tierras, las respetaban. El comisario, al vernos, supo que solamente nosotros podríamos entrar en ellas.

El pueblo de Teloloapan estaba consternado, no por las muertes de mis parientes, sino por lo que le había ocurrido a don Rosalío, quien se dedicaba a mantener unas cuantas cabezas de ganado vacuno. Por acá resulta peligroso andar solo por las orillas del río y más si se topa uno con algún pozo en el que habite uno que otro chaneque. Don Rosalío estuvo varios días desaparecido, veinte para ser precisos.

Eran días en los que todas las cosas se ponían de otro modo, de mucha incertidumbre; era fácil presentir que los duendecillos malos habían bajado al pueblo: los campos de maíz y sorgo se agrietaron porque no recibían ni una gota de agua, las vacas dejaron de comer y comenzaron a deshidratarse; y las plantitas que tenían las doñitas en sus macetas estaban todas marchitas y con la tierra de fuera.

Dicen que había luna llena, de sangre, por las fechas de octubre.

—Ha de haber andado borracho —dijo Benito, el comisario.

—Fue una cosa de repente —dijo la esposa de don Rosalío.

Me espanté un poco cuando se me acercó y me gritó la doñita. Por un momento parecía como si estuviera entelerida, porque la mirada no estaba triste, era como si estuviera enferma; poco a poco se puso todita amarilla y el ojo, todo acalambrado, nomás le temblaba. Ahí pensé que nosotros no podíamos hacer mucho, y que luego, luego se tenían que hacer los rezos a esas criaturas.

—El río comenzó a secarse muy rápido, desde la madrugada del domingo anterior que desapareció el don. Se escuchó un estruendo; luego, unas carcajadas por un par de horas, según comentaron, Benito.

—Cuando me levanté en la mañana, ya no corría agua por el río. Me fui a ver a los dos pozos que tenemos y nada, no había ni gota de agua —dijo la esposa del desaparecido.

Muy río abajo, de donde provenía el bullicio, el hombre encontró a uno de los chaneques malos; fue escuchando un bramido y así llegó a la ladera del cerro. Percibía voces que lo llamaban; se dirigió hacia la cueva para poder resguardarse. Al llegar ahí, se quedó dormido. Uno podría dormir ahí por el clima, por la rica sombra que daban aquellos frondosos árboles y la tranquilidad que no en cualquier parte se encuentra; cuando despertó quiso pararse para regresar a casa, pero las piernas no le respondían.

Al notar su desaparición, la esposa y sus hijos empezaron a buscarlo por todas partes sin poder dar con él.

—Ya mirará usted, señor comisario, pues mi marido va para los veinte días de desaparecido y no hemos dado con él. Dicen que las criaturas pequeñas andan desatadas. Luego la cosa por acá anda mal: buscamos de día y de noche, hora tras hora, sin descanso y sin comer; a ver si no quedamos en los puritos huesos.

El comisario se quedó pensando un rato, mirando hacía el cerro.

Lo trajeron de madrugada. Y entrando pronto la mañana, él seguía allí todo entumido, con la mirada perdida. Habían hecho el intento de dormirlo un rato después de un baño, pero no dormía y no comía nadita. Llamaron al doctor del pueblo, sin encontrar alivio para sus malestares. Les comentó que, si no veían mejora, lo llevaran con los brujos, porque al parecer no tenía ninguna enfermedad. Que lo que don Rosalío tenía se le llamaba posesión y eso ningún doctor lo podía curar.

Ya lo único que le quedaba a la doñita de don Rosalío era llevarlo con el brujo Juvencio. Para eso lo habían traído nuevamente a las orillas del río, a la altura de las tierras de mi tío. Lo recostaron sobre el pasto, sus ojos se apeñuscaron, se le puso la piel pálida por el frío que le entró; enseguida el brujo profirió unos rezos mientras le pasaba unas hierbas desde la cabeza hasta los pies.

Juvencio apretó los dientes y los puños, y dijo:

—Esto con el tiempo va a empeorar. La última opción que hay es llamarles a los familiares de los Flores, ellos son los únicos autorizados a entrar a sus tierras y deben de desterrar a los chaneques que merodean por allí. Ellos son los que empezaron con las travesuras y por su culpa estas tierras se quedaron sin agua y con Rosalío hechizado.

Mi padre llegó hasta las bardas del corral. Desde ahí pudo ver mejor las tierras y enseguida las reconoció. Sacó su escapulario, se persignó. Eso le dio valor. Se fue acercando hasta el primer pozo, se quedó quietecito mirando el bullicio que hacían las aguas guardadas en él. De pronto me dio el costalito que le dio el brujo: traía unos tambores, flautas, fruta y unos libros de rezos.

Mi padre miró y miró para todas partes, y se fue. Se metió al río, o lo que quedaba de él. Sacó el libro de los rezos; dijo unos cuantos. Y nada, no se veía a ninguna criatura. No es costumbre de mi padre hacer esto, pero no quedaba de otra. Caminó y caminó alrededor de varios pozos.

Mientras, yo me quedé allí, aguardando en el pozo más grande, entonando las canciones que nos recomendó el brujo, tocando los tambores y hablándoles para ver si salían. Me decidí a alcanzar a mi padre, pero antes de retirarme, les dejé unas cuantas frutas afuera del pozo. Me eché correr hacía el río, porque ya no miraba a mi padre. Y cuando menos acordé, lo encontré descalzo, con las piernas y brazos amoratados. Lo tomé entre mis brazos. Parecía todo ido, como si le hubieran robado la memoria. Logramos llegar hasta la casa de don Rosalío; entre mi madre y yo lo pudimos recostar en un sillón. En seguida levantó los brazos y se dio de golpes en la cabeza. Estaba todo enfurecido. Cuando menos acordamos, don Rosalío se levantó y sorbió un vaso con agua. No dijo nada, se quedó mirando a un punto fijo hacia la puerta, donde los chaneques con risas burlonas merodeaban la casa. Cuando amaneció, mi padre estaba tembloroso sobre el sillón; así permaneció hasta que se quedó dormido. Pero el brujo estaba con don Rosalío, quien se había quedado quieto, también en el sillón, con la cabeza recargada sobre sus brazos. Y cuando la esposa lo trató de acomodar para recostarlo, descubrió que estaba muerto.

Dzulúm

Deyanira Suhail Ávila Zapien

Sahuayo, Michoacán (1979). Licenciada en Derecho y Ciencias Sociales (UMSNH). Fue profesora de diferentes materias de derecho en preparatoria. Trabajó por dieciséis años en diversas áreas jurídicas de la Fiscalía del Estado de Michoacán. Tiene dieciocho años de experiencia como abogada postulante en ramas del derecho civil, familiar, mercantil, penal y agrario.

A muy temprana edad, su amor por las letras la llevó a una experiencia empírica en el mundo de la escritura de cuentos y noveletas. Su trayectoria literaria formal comenzó en 2017. Actualmente trabaja en la publicación de su primera novela.

Dzulúm ◊

Un grito desgarrador quedó atrapado en las fauces de la tierra, la misma tierra que años antes hizo prosperar el negocio de cacao de la familia Esparza. Pero una noche, todo acabo para ellos.

Doña Anastasia despertó por un ruido que la arrancó del sueño, provenía de la recámara de su única hija, Aura. Al entrar, vio la ventana de par en par como tantas veces su hija la dejaba a causa del insoportable calor de la primavera.

—¿Aura? —preguntó avanzando en la penumbra de aquel cuarto.

Un bulto se asomaba entre la cama y el ropero… Dzulúm copulaba con Aura mientras la desmembraba a mordidas. Aura, seducida, hipnotizada e incapaz de sentir dolor, agonizaba con placer entre las garras de Dzulúm.

Anastasia soltó un gritó aterrador, el último de su vida. Dzulúm se lanzó sobre ella y con un zarpazo certero de su poderosa garra, le arrancó la cabeza.

Macario despertó con el grito de su esposa, tomó la escopeta y salió a buscarla. Temblando, sigiloso, caminaba en el pasillo, cuando vio la puerta abierta de la habitación de Aura. Al entrar, se aterrorizó por la escena, disparó sin tino alguno contra la bestia.

Dzulúm tomó entre sus brazos a Aura y saltó por la ventana, escapó hacía la selva.

Macario tocó la campana de alerta en el portal principal, el capataz y demás personal a su cargo acudieron al llamado.

—Vamos, rápido, traigan sus armas y antorchas, vi al Dzulúm. Ha matado a mi esposa, y se llevó con él a mi hija, tenemos que rescatarla.

Aunque aquellos hombres salieron a la selva, sabían que era inútil, no podrían hacer nada.

Dzulúm avanzaba a gran velocidad arrastrando consigo el cuerpo de Aura. Las hojas de las plantas, arbustos, ramas, le golpeaban las heridas, poco a poco reaccionó ante el dolor, se sentía mareada, confundida, pensó en mover los brazos, levantó un poco la cabeza, y con horror no los encontró. Miró a la bestia arrastrando el muñón que quedaba de su cuerpo. Dzulúm saltó a la profundidad de su escondite. El grito desgarrador de Aura quedo atrapado en las fauces de la tierra.

Macario enloqueció de dolor tras buscar sin descanso a su hija, se dice que, una noche simplemente ya no regresó, se cree que fue devorado por las fieras de la selva. Lo cierto es que la hacienda de los Esparza quedó abandonada.

Diez años después, un nuevo inversionista se interesó por la finca, y es que Antonio del Moral un viudo visionario inquieto y muy adinerado, posó sus ojos en aquello que parecía apenas unas ruinas.

Chiapas, diciembre de 1956. Leyó con atención el contrato de compra venta, Antonio del Moral estaba a punto de plasmar su firma al calce, cuando inesperadamente lo interrumpió el administrador.

—Señor Antonio, sobre valoro su interés, pero la ex hacienda Esparza no es un lugar seguro —dijo el administrador con el rostro empapado de sudor, pese al frío particular de esa tarde.

—Explíquese —exigió Antonio del Moral.

—¿Cómo decirlo? —Titubeó—. Es un lugar maldito.

—Sigo sin entender —dijo Antonio con evidente molestia.

—Debo advertirle, la hacienda colinda con la selva y no es un lugar seguro, usted mencionó tener una hija. Intento ponerlo sobre aviso.

Antonio del Moral frunció el ceño desvelando su impaciencia.

—Como bien lo sabe ya. Previo a usted, vivieron los Esparza, una familia próspera, dedicada a la siembra del cacao. Macario tenía una hija veinteañera, apenas una niña, y una noche vino el Dzulúm por ella, se la llevó hacía la selva.

»El Dzulúm es un ser maligno, poderoso, que ataca a las mujeres jóvenes, y aunque pocos o quizá nadie lo ha visto, dicen que de bestia se transforma a hombre, que tiene una capacidad de atracción irresistible. Una vez que elige a su presa, el Dzulúm la hechiza con su majestuoso porte, la lleva hasta su guarida donde la devora, así murió la hija de don Macario.

—Con todo respeto, solo le diré dos cosas: la primera, no creo en mitos, leyendas o supersticiones. Segunda, soy un hombre de negocios con poca paciencia para este tipo de inconvenientes. O firmamos de una vez, o no haré ningún trato con usted.

—No señor, discúlpeme, sentí el deber moral de darle un antecedente respecto a la finca, pero allá usted si no lo cree.

—Uhm. —Carraspeó Antonio con evidente molestia.

—No se diga más. —El administrador esbozó en su rostro una sonrisa forzada.

—Firmemos entonces. —Ofreció un lapicero a Antonio del Moral.

Esa tarde, y sin siquiera sospecharlo, Antonio del Moral firmó el contrato de un destino adverso, al que él había planeado.

Casi dos años se llevó la obra de remodelación de la ex hacienda, y menos de un año en lograr la prosperidad que le devolvió la vida en un sorprendente santiamén. Y es que Antonio del Moral fue imparable, experto sabedor del proceso del cacao, no solo en la siembra y la cosecha sino en la venta de exportación.

Aquella tarde sofocante de primavera, llegó Elena a la hacienda. Fue un largo e incómodo viaje desde la ciudad de México hasta Chiapas.

—Padre es un lugar hermoso —dijo la joven sonriendo al saludar a Antonio del Moral.

—¡Lo es! Bienvenida a tu nuevo hogar, estoy seguro que estarás muy feliz aquí.

—Contigo soy feliz en dónde sea, padre.

—Mi niña, tú siempre tan dulce.

Eliseo, el capataz, se acercó nervioso y balbuceando dijo:

—Señor, perdone la intromisión, son casi las seis, pronto va a oscurecer, es mejor que la señorita Elena coma algo y se guarde en su habitación.

—¿Qué sucede papá?

—Nada hija, creencias de la servidumbre, pero tiene razón, es mejor que te acompañe a comer porque en una hora, no tendremos cocinera.

—¿Y eso? ¿Por qué se van a dormir tan temprano? —Elena preguntó consternada.

—Por sus mitos y leyendas hija, dicen que hay una bestia que devora mujeres, pero nadie lo ha visto realmente, para mí que es un pretexto que tienen los lugareños para controlar a sus esposas e hijas.

Después de comer, Elena y Antonio salieron a caminar juntos por el portal principal. El viento soplaba dando tregua al calor infernal. Una ráfaga tomo a Elena por sorpresa, le arrancó el listón de su pelo que voló en libertad.

Antonio intentó inútilmente alcanzar el listón que corría arrastrado con el viento

—Déjalo ir papá no es importante.

Dzulúm corría entre la selva. Hambriento, gruñía y avanzaba al acecho. Unas veces caminaba en dos patas, pero en su mayoría daba saltos dignos de la bestia que era. De pronto, un olor nuevo lo distrajo. Se detuvo. Había algo diferente en el ambiente; se trataba de una mezcla sutil de almizcle, algalia, cidra, pomelos, pachuli y sándalo que invadían la profundidad de su cavidad nasal.

Dzulúm conocía todos los olores de la selva, pero fue incapaz de reconocer éste. Olfateo con insistencia, inquieto, deseoso por saber su origen. Abrió más los ojos, como si quisiera expandir todos sus sentidos. Viró su cuerpo hacia los cuatro puntos cardinales. Inesperadamente, un listón blanco se enredó en su pata delantera. Tras observarlo, lo tomó del suelo, lo llevó a su nariz. Se embriagó con su aroma. El estómago le gruñó, recordándole el hambre que sentía, siguió corriendo, conforme avanzaba el olor se intensificó.

Escuchó unas risas que lo hicieron detenerse, permaneció oculto entre escondrijos y entonces vio a Elena. Su cabellera cobriza de largos rizos saltaba de un lado a otro, como en una danza salvaje por el viento, de ahí provenía el aroma. Su belleza era sinigual, la piel de sus brazos, de su cara y de su pecho brillaban plateadas bajo los efectos de la luna. La escuchó hablar; su voz corría calmada como agua en el rio. Sintió en las entrañas el impulso de un deseo incontenible por acercarse a ella, pero había muchos hombres armados en su entorno, decidió esperar.

Aunque tres noches pasaron, Dzulúm no dejaba de merodear, esperando el momento preciso de cazar, tenía un objetivo.

Se vio descalza corriendo por la selva:

—¡Sálvate!, Elena. ¡Sálvate!

Elena escuchó un murmullo detrás de ella. Un grito desgarrador proveniente de las fauces de la tierra la despertó abruptamente. Elena, embebida en sudor, jadeaba en intento por recuperar el ritmo natural de su respiración.

Era de madrugada, un calor insoportablemente seco le llegó a la garganta.

Dzulúm ya no quería esperar más. Se aventuró y acortó su distancia al entrar al terreno de la hacienda. Bajo el hechizo de hombre se dejó ver por ella.

Elena salió a la cocina. Sirvió un vaso con agua que llevó a los labios. En el primer sorbo vio la sombra de un joven que pasó muy cerca al ventanal.

La naturaleza inquieta de Elena la llevó a indagar más, salió al portal principal.

—¡Espera! —ordenó.

Dzulúm salivaba, embriagado por el olor a sudor y sándalo que expedía Elena. Se detuvo, fue incapaz de virar hacia ella.

—¿Trabajas aquí o que deseas?

—Disculpe usted, no quise importunarla —dijo Dzulúm, aplicando el efecto de la hipnosis en la frecuencia de los sonidos saliendo por su garganta.

«Que hermosa voz», pensó Elena excitada.

—¿Vives por aquí cerca? —insistió.

—Digamos que sí. —Dzulúm contestó dando media vuelta frente a Elena.

Al ver el fuego azul de sus ojos, Elena quedó embelesada. Un letargo indescifrable le corría todo el cuerpo, quedó expuesta, vulnerable, cual fácil presa en campo abierto.

Elena era como la imaginó Dzulúm desde que la olió por vez primera: la más hermosa criatura que jamás había visto. Dzulúm contuvo el deseo de saciarse con ella, no quería matarla, pues sabía que la muerte extinguiría su aroma en cuestión de horas. Percibía, bajo la bata, el olor deseoso del flujo vaginal de Elena que jugaba a provocarlo. Quería poseerla, pero no, no así, no esta vez. Elena era un manjar que debía disfrutar. Sonrió, dio un paso atrás.

—¿Te veré otra vez? —preguntó Elena.

—Sí, todas las veces que quieras. Ve a la Selva, ahí te encontraré.

Elena permaneció inerte, viéndolo desaparecer en la penumbra. El tiempo transcurrió imperceptible para ella, casi amanecía y ella seguía ahí, mirando hacia la selva.

—¡Señorita Elena! —El capataz gritó sorprendido. La encontró de frente al dar la primera ronda en la finca.

—Es muy peligroso que este aquí afuera usted sola, por favor regrese a su habitación.

—¿Qué? ¿Cómo dice? —Elena contestó confundida.

—Que no es bueno que salga por la noche, corre un grave peligro.

Elena frunció el entrecejo, pasmada, sin lograr entender nada, camino a su habitación.

Durante el desayuno su padre pregunto.

—¿Qué hacías caminando por el portal de madrugada?

—No lo sé padre, hacía mucho calor.

—Entiendo, pero cuando quieras salir, es mejor que lo hagas acompañada, estamos muy cerca de la selva, hay animales peligrosos, serpientes, alguna fiera, y aunque usualmente no se acercan a la casa, es mejor que no te expongas.

—Si padre, lo siento.

Elena, inmersa en sus pensamientos, recordó su encuentro con aquel joven misterioso y bello, un revoloteó de mariposas le lleno el estómago de emociones nuevas. Ilusionada, pensó todo el día en él y a pesar de no saber su nombre. Su corazón agitado sentía que lo conocía desde siempre.

Durante la tarde, Elena se acercó a los límites de la selva. Se introdujo algunos metros. ¿Hola? ¿Estás aquí? Preguntó sin tener respuesta. Regresó cabizbaja, meditabunda, cabía la posibilidad de que hubiera sido un episodio de sonambulismo, pues solía tener ese mal desde niña.

Esa noche, Elena estaba inquieta. Abrió su ventana, y en la penumbra reconoció a aquel joven. Se alegró de que no fuera un sueño, cuidando no ser vista. Se aventuró hacia el jardín donde lo encontró.

—Ven conmigo rápido. —Elena lo tomó de la mano, llevándolo al granero.

Elena quedó hipnotizada en el momento, desbordada en sentimientos, lo tomo entre sus besos, excitada se quitó la bata ofreciendo el ardor de su cuerpo.

Dzulúm, la envistió con todo el vigor de la bestia que llevaba dentro.

Elena despertó con los primeros rayos del sol. Se enfundó su bata a toda prisa. Miró en su entorno ruborizada, pero Dzulúm ya no estaba. Salió del granero a hurtadillas, corrió hasta su habitación. Ahí, extasiada, sonriente, recorrió su cuerpo con las manos, evocando cada momento de pasión que vivió la noche anterior.

En la profundidad de la caverna, Dzulúm se observó los brazos. Poco a poco se transformaban en patas con garras. Rugió molesto. Confundido, no sabía reconocer lo que sentía. Pensaba en Elena. ¿Cómo es que aún no lograba comérsela? Su dulce voz, diciendo «te amo», se adueñó de su cabeza.

Dzulúm volvió a rugir, su furia se acrecentaba, tomando mayor fuerza.

—¡No seas idiota! —se repetía—. ¡No te ama a ti! Todo es un hechizo. Es la hipnosis, así es cómo funciona. Jamás podría ella amar a una bestia.

Ese día, Dzulúm pasó lo que nunca antes. Sus emociones eran un torbellino de confusión, de rabia, dolor, hambre y tristeza. Dzulúm sabía lo que seguía.

Aquella noche, Elena esperó a que todos durmieran. Llegó al granero, aguardó a que su misterioso amante apareciera.

Dzulúm la olfateo a distancia, sabía dónde encontrarla.

—He pensado todo el día en ti —dijo Elena antes de lanzarse a sus labios.

Ambos quedaron desnudos al amparo de la nítida luz que se colaba por los resquicios de la madera. Dzulúm la acostó entre la paja, paseó su lengua para degustar el sabor a sal del sudor de Elena.

— ¿Morirías por mí? —Dzulúm preguntó.

—Moriré por ti —replicó ella.

Dzulúm la embistió. Elena gimió estremecida.

Dzulúm la observó complacido de verla retorciéndose de placer en sus brazos. La olió por última vez, deseaba almacenar el aroma de Elena en su memoria. Y, en seguida, le reventó de un mordisco la arteria del cuello. Bebió de su sangre. Luego escuchó una Elena agonizante que, resignada a su destino, murmuraba:

—¿Por qué…? Yo te amaba.

El hombre que habitaba al Dzulúm se arrepintió en ese instante. Quiso ayudarla, evitar que se desangrara, pero el daño era irreversible. La vio palidecer poco a poco. El rostro de Elena se tornó blanco, su cuerpo perdió su calor y su esencia.

—¡Reacciona! —gimió la bestia.

Todo era en vano. Ya estaba muerta.

El dulce sabor de la sangre de Elena le invadió toda la boca e incitó la transformación de hombre a bestia.

Dzulúm tomó entre sus brazos aquel cuerpo sin vida. Lo llevó hasta la profundidad de la selva, donde lo devoró sin prisa. Luego, de saciar su hambre, dejó apenas los huesos dispersos de Elena sobre las hojas secas, entre las grandes raíces que se alzaban sobre la tierra.

Índice ◊

www.ingramcontent.com/pod-product-compliance
Lightning Source LLC
LaVergne TN
LVHW051534170726
843492LV00006B/1764